新教場

長岡弘樹

Nagaoka Hiroki

小学館

目次

装画　伊藤彰剛
装幀　山田満明

新・教場

プロローグ

三月末のまだ弱い日差しの中に足を踏み出し、四方田秀雄は花壇へと近づいていった。

総じて殺風景な警察学校という場所にあって、いわゆる〝癒しのスポット〟といえる施設なり地点なりを挙げるとすれば、もしかしたら、ここぐらいしかないかもしれない。

目の前に、赤い花びらを鮮やかに咲かせている植物がある。

花弁は重なり合っていた。こういう形状を「八重咲き」と呼ぶことぐらいは知っている。だが、これは何という花なのか、肝心の名前が分からなかった。

花壇に植えられた植物には、名称を記したプラスチックの札が土に差した形で添えられている。フラワーラベルというやつだ。

この花の場合、ラベルのカラーは赤だった。たぶん花の色に合わせてそうしてあるのだろう。そのラベルにマジックで書かれていたはずの文字が、すっかり色褪せていて、まるで読めないのだ。

四方田はそっと溜め息をついた。

植物にはとんと疎い自分が情けなかった。知っている花と言えば、菊や百合、カーネーションぐらいだ。学校長がこのていたらくでは教え子たちに申し訳が立たない。

赤い花に顔を近づけてみた。

いい匂いがする。気持ちの休まる香りだ。

腕時計に目を転じれば、すでに昼の一時を過ぎていた。

——午後一番には新任の教官が赴任してくるはずだから、見かけたら花壇の前へ来るように伝えてくれ。

事務職員にそう頼んできたのだが、相手はまだ姿を見せない。

体を起こそうとしたとき、足元の地面に鈍く光るものを見つけた。

円筒形の小物だった。ホイッスルのようだ。

長さは三、四センチといったところか。吹けばちゃんと音が鳴るようだが、本格的な製品ではなく、キーホルダーとして使われていた装飾的なものらしい。色からして材質は銅だろう。

そのホイッスルを拾い上げたとき、視界に人影が入った。

一見して、風体（ふうてい）には幾多の修羅場をくぐってきたことを窺（うかが）わせる重みが感じられる。本人にその気はないと思うが、周りを威圧する雰囲気を漂わせていた。まだ四十代半ばであるにもかかわらず、頭髪はほとんど白くなっている。

「お待たせしました。風間公親（かざまきみちか）です。ただいま着任しました」

落ち着きのある低い声だった。

「校長の四方田です。これからよろしく」

風間公親。

この男とは初対面だが、刑事指導官としての名声は伝え聞いていた。

そして〝千枚通し〟の異名を取る十崎という犯罪者につけ狙われているため、本部長の意向によってこの学校に〝匿われた〟ことも。

通常、県警幹部の異動については、地元新聞の紙上で事細かに報じられる。風間も例外ではなかった。事情が事情だけに、彼に限っては情報が伏せられるものと思っていたため、これは意外だった。

居場所を公にしたのでは、十崎の目から匿ったことにならないのではないか。そんな心配を抱きつつ、四方田は風間の右目に視線をやった。

それが義眼であることは、少し離れたこの位置からでも分かる。

十崎に襲われての受傷だという。襲撃を受けたのは、新米の女性刑事を指導していた時分だったらしい。女性刑事の名は、たしか平優羽子といったはずだ。

「風間くん、いきなりの質問で申し訳ないが」

四方田は赤い花を指さした。

「これは何という花かな」

風間について事前に知っていることが、もう一点だけあった。園芸を趣味としていることだ。だから最初の顔合わせの場所を、ここに設定した。無粋を自認する身だ、そうでもしなければ、こうして花壇に足を運ぶなどということはない。

「ゼラニウムです」

即答だった。

「そうか。――で、花には花言葉というやつがあるだろう。ゼラニウムのそれを知っているかね」

「いくつかありますが、最も一般的なのは〝尊敬〟です」

「ほう。それはまた我々教官のためにあるような言葉じゃないか」

小さく笑いながら四方田は改めて相手の方へ向き直った。

「風間くんは、どうして園芸が好きになったんだ」

「刑事をしていたからでしょう」

「と言うと？」

答えを返す代わりに、風間はこちらの手元に視線を送ってきた。

「それはどうなさったんですか」

風間の目は銅製のホイッスルに向いている。

「いまここで拾ったんだよ。キーホルダーらしい。誰かの落とし物だろう。まあ、わざわざこんな小物を取りにくる者もいないだろうから、捨てようと思っていたところだ」

「では、わたしが引き取りましょう」

風間が手の平を差し出してきた。

四方田がその上にホイッスルを置いてやると、風間は花壇に近づいていった。

赤いゼラニウムの隣では、ほかの植物が新芽を出している。こちらのフラワーラベルに書かれた文字なら、はっきりと読めた。【タマアジサイ】とある。ラベルの色は白だ。

風間はタマアジサイの前にしゃがみ込むと、付近の土に差してあった移植ゴテを手にした。根本に小さな穴を掘り、ホイッスルを埋め始める。

「こうして時間が経てば、土中のホイッスルはどうなると思います」

背中を向けたままの質問だった。

「錆びるんじゃないか」

「そうです。すると、このタマアジサイには何が起きますか」

「たしかアジサイは、土壌の性質によって花びらの色が変わるんだったね」

いくら植物に疎くても、その程度の知識なら持ち合わせていた。

「ええ。銅が錆びれば土壌が酸性になります。すると花の色は青みを帯びてきます」

「なかなか面白そうだ」

「埋めたものがホイッスルではなく、刃物や銃器だとしても、錆びる金属であれば、もちろん同じ現象が起きます。犯罪者が凶器を土中に隠匿するケースは珍しくありません。そのような場合、捜索するには花の色が重要な手掛かりになります」

「なるほど」

「金属製の凶器ではなく、人間の死体が埋められるケースも多くあります。その場合は、金属とはまた異なる現象が起きます。死体が腐敗するにつれて土壌はアルカリ性になり、アジサイの花は赤みを帯びてきます」

「風間くん、きみの言いたいことが分かってきたよ。つまり刑事は職務上、嫌でも植物や土壌について学ばなければならないわけだ。そうして勉強しているうちに、自然と園芸に関心が向くようになってきた、ということだね」

「おっしゃるとおりです」

「草花が趣味ということであれば、風間くんも自由に花壇の世話をしてくれたらいい。ここは施設管理課の持ち場だが、連中にはそのように話を通しておこう」

「ありがとうございます」

四方田はタマアジサイの新芽に顔を近づけた。

「この花は、いつごろからいつごろにかけて咲くんだろうか」

「夏から秋にかけてです」

「九月の末でも咲いているかな」

「はい。おそらくは」

だったら本当に花びらが青くなるのかどうか、半年後の卒業式が終わったあたりに確かめてみようか……。

「ところで、助教の尾凪（おなぎ）くんにはもう会ったかな」

「いいえ、まだです」

「いまなら教官室にいるだろうから、この場が終わったら、彼とも顔合わせをしておいてくれ」

「承知しました」

「尾凪くんもまだ助教になって二年目の駆け出しだ。学生と同じように育ててやってほしい。彼には、時間があれば教え子たちと一緒に風間くんの授業を聴講しなさい、と言ってある。かまわないだろう？」

「もちろんです」

「では最後にもう一つだけ質問して、この場はお開きにしよう。――赴任しての第一印象を正直に吐露してほしい。どうだね、本校を好きになれそうか？」

訊(き)いた直後にふと思った。

〝千枚通し〟に狙われているがために、風間は本校に異動となったのだ。では、もし十崎が逮捕されたとしたらどうなるのか。〝避難〟の必要がなくなれば、すぐにまた刑事指導官の職に復帰することになるのではないか。

おそらく、それが風間本人の意向でもあるに違いない。

これまで風間が教えていた相手は、新米とはいえ狭き門を潜って刑事に任用された優秀な人材だ。

翻って、これから教える相手は警察官とは名ばかりの頼りないひよっこどもなのだ。

これでは実質的な降格人事と言われても仕方がないし、風間本人もそのように捉えているのではないか。

「ええ。なれそうです」

そう答えながら風間は、微(かす)かにこちらから視線を外したように思えた。

第一話　鋼のモデリング

1

　尾凪尊彦（たけひこ）は、手にしていたＡ４のファイルを机上に置いた。

　【第九十四期　初任科短期課程】と題されたこの冊子は、四月から受け持つ学生たちのプロフィール一覧だ。顔写真の下に、出席番号、氏名、生年月日、身長体重、学歴、趣味、賞罰といった情報が記載されている。

　かれこれ一時間ばかり、これに目を通していた。だが視線は紙の上をただ滑っていくだけだ。内容はほとんど頭に入ってこない。

　尾凪は左の中指をさすった。さっきからこの指が疼（うず）いている。

　高校の野球部時代に、キャッチャーミットの中で突き指を繰り返した箇所だ。そこが先ほどからしくしくと痛んでならない。

　この中指は、第一関節が「へ」の字に曲がったまま拘縮（こうしゅく）してしまっている。いわゆるマレット指という症状だ。

三月下旬の午後。警察学校の教官室はやや肌寒い。だが、この指が疼くのは気温のせいではなかった。

極度に緊張しているためだ。

しょうがないさ。そう自分に言い聞かせる。いまから教官の風間公親と初めて顔を合わせる予定なのだから、リラックスしろという方が無理だ。

風間という男については、もちろんすでに知っていた。数々の難事件を解決してきた伝説的な刑事だ。県警の中でその名を知らない者はいない。

だが、よりによって自分が彼の下につくことになろうとは予想もしていなかった。

ふと、誰かの気配を感じた。

視線を上げる。いつの間にか、そばに人影が立っていた。

尾凪は慌てて直立した。おそるおそる相手の顔を見る。

白髪と隻眼(せきがん)の放つ刃物のような印象は、ほぼ予想していたとおりと言っていい。意外なのは、思ったより体の線が細い点だった。

「尾凪です。助教二年目の新米ですが、よろしくお願いいたします」

名乗って辞儀をしたところ、風間はふっと笑みを浮かべた。

「……わたしが何か、おかしなことを言いましたか?」

「きみの名字だよ」

そう言われて、やっと気がついた。

「なるほど正反対ですね、わたしたちは」

向こうが「颪」でこっちは「凪」だ。

小さく頷いたあと、風間は視線を机上へと移動させた。

学生たちのプロフィールを綴じたファイル。パイプ式の綴じ具がついたＡ４判のそれを風間は手にし、ぱらぱらと捲りはじめる。

その横顔に向かって尾凪は言った。

「これから半年間、風間教官の授業をわたしも見学させていただきたいと思います」

それは校長から命じられたことだった。事務仕事を手早く済ませて時間を作り、きみも学生の一人として、風間くんのアシストをしながら聴講するように、と。

「よろしいでしょうか」

「ああ、それはさっき校長からも聞いた。かまわんよ」

そっけなく応じ、風間はファイルの表紙を軽く叩いた。

「きみはもう、全員分のプロフィールを頭に入れたようだな」

「まあ、だいたいは、ですが」

第九十四期初任科短期課程の学生は、男子が二十八名。女子が八名。全部で三十六名だ。

「気になった学生はいたか」

「そうですね……。すでに警察から表彰を受けている者がいました」

たしか矢代という名字の学生だ。下の名前までは覚えていない。

「それは有望株だな。どんな功績だ?」

「大学生のころに人命救助をしたようです。自殺を図った警察官を見つけ、応急処置を施し、消防に通報しています。その甲斐あって、警察官は一命を取り留めました」

「その事件なら覚えている。命は助かったが職場復帰は許されなかったはずだな」

「ええ。依願退職という形で警察を去っています。表彰を受けた学生は、自分がその警察官の代わりになるつもりでこの仕事を志願したそうです」

「見上げたものだ。——助教、きみは野球をやっていたな」

ファイルから目を上げることなく、ふいに風間は話題を変えた。

尾凪のプロフィールを記した文書も風間の手に渡っているはずだが、野球経験者であるとは一言も書いていない。

その情報を誰から仕入れたのだろうか。風間の表情をそれとなく探りながら「はい、高校時代に」と答える。

「ポジションはキャッチャーか」

「おっしゃるとおりです。補欠でしたが」

「どこの高校だ」

学校名を口にした。野球なら本県では一番の強豪校だ。自分が在校していた以前から、すでに甲子園の常連として全国的にも名を馳せている。

「ならば、きみも部の先輩にかなりシゴかれた口だろう」

「ええ。それなりには」

「だったらお手のものだな、後輩をシゴくのも」

「そうかもしれません」

「では、ここでの役割は名字の反対にしようじゃないか」

言われた意味がすぐには理解できなかった。

「学生たちを指導する際は、わたしが凪できみが風ということだよ。厳しく締め付けるのはきみの役目だ。わたしはその様子を静観させてもらう。なにぶん教官としてはきみより新米だからな」

通常であれば、助教を何年か経験しなければ教官にはなれない。少なくとも本県警ではそうだ。刑事指導官という特別な立場にあった者でも、いきなり教官になった事例は、これまで皆無のはずだ。この一点からしても、風間がいかに特別な存在であるかがよく分かる。

――承知しました。お任せください。

すぐにはそう返事ができなかった。

「お言葉ですが、精神を病む学生が出てくるおそれもありますので、あまりきついシゴキはどうかと思うのですが」

尾凪は風間の口元を見据え、いまの具申に対する返答を待ったが、相手は無言で手にしていたファイルを机の上に戻しただけだった。

「万が一、早まった行動に出られでもしたら――」

尾凪は途中で言葉を切った。風間の手が机上のファイルをまた一つぽんと叩いたせいだ。

「これと同じパイプ式のファイルを、もっと机の上に出してほしい」

「……はい。ですが、どのような書類が必要なんですか」

「何でもいい。全部で十二冊準備してくれないか」

真意がつかめなかったものの、とりあえず尾凪は、そばにあったキャビネットからＡ４ファイルをあと十一冊取り出した。

「そのファイルで、机の上に作ってほしいものがある」

「何でしょうか」

「壁だ」

そう言って風間は、一冊のファイルを縦に置いた。その上に別のファイルを、これも縦にして重ね上げてみせる。

「こうして、二冊で一枚の高い壁を作ってくれないか」

尾凪は言われたとおりにした。

「今度はその壁をコの字形に組んでみてほしい」

「はあ」

たぶんコの字のうち、線のない部分が机の手前側にくるようにすればいいのだろう。そう見当をつけ、六枚の壁で机上にコの字を作った。

出来上がったものを見ながら風間は言った。「この壁の用途を知っているか」

「いいえ」

「では教えよう。席についてくれ」

尾凪は椅子に座った。コの字の壁でできた窪(くぼ)みと向き合うかたちになる。

風間の手で背中を軽く押された。腰を折れと言っている。

その通りにすると、頭がコの字の中におさまる格好になった。

「いまから説明するのは」風間は声のトーンを一段低くした。「わたしが学生のとき、当時の教官に教わったある〝作法〟だ」

不吉な予想が脳裏に浮かび、拍動が速くなる。

「いったい何の作法でしょうか」

「自殺のだ」

予想したとおりの答えだった。

「夜中に独りで交番にいるときなど、警察官はよく衝動的に死にたくなることがある。腰の拳銃で頭を吹き飛ばしてな。そんなときは、こうして壁を作ってからやれ、と教えられたものだ」

「後始末が楽なように、というわけですね」

「そういうことだな。この方法をきみから学生たちに教えてやったらどうだ」

「……それは、自殺するならしろ、ということでしょうか」

「ああ。仕方がないだろう。助教、自分の警察人生を振り返ってみてくれ。きみは言い切れるか。死にたいと思ったことがまったくなかった、と」

「……いいえ」

ここはガチガチの縦社会だ。日々がストレスにまみれている。一度も自殺を考えたことのない警察官がいたら顔を拝んでみたい。

「それが普通だ。これから我々が受け持つ学生も、ほとんどの者が、きっとどこかで希死念慮(きしねんりょ)を抱くだろう」

反論はできない。早い者なら入校後一、二週間でそうなる。交番や署内での自殺はよくニュースになっているが、この県警の場合、実は警察学校内でも同じぐらいの割合でそれは起きていた。

普段は何ら異変を見せずに生活している学生が、いきなり死神に取り憑かれたように前触れもなく自殺に手を染めてしまう。そんなケースは決して珍しくはないのだ。

「それを、きみは百パーセント止められるか」

この質問にも、いいえと答えるしかなかった。

四十人近くもいる学生の一人一人に、二十四時間張り付いていられるはずもない。到底無理な相談だ。

風間に肩を叩かれ、尾凪は姿勢を戻した。

「我々は、そういう危険分子を相手にするわけだ。これから半年間もな。どうしたって事故は起きるだろう。肚を括ってかかるしかない」

「……ですね」

警察の仕事で、これ以上の貧乏くじはないかもしれない。

「まったく、貧乏くじを引いたものだよ」

こちらの胸中をずばり見透かしたように風間は言い、懐から紙を一枚取り出した。

「警察学校勤務を命じる」の文字が見える。辞令の紙だった。

風間はためらう素振りも見せずに、それを破り捨てた。

2

さきがけ第一寮のロビーで、矢代桔平は左の手首に目をやった。

腕時計のベルト穴は、相変わらず三つ余っている。

入校して早三週間。仲間の男子学生たちは、放課後の自由時間にダンベルを握って着々と手首を太くし始めているようだ。一方、自分はと言えば、筋トレルームを使ったことなどまだ一度もない。一日の授業が終われば、もうそれだけで疲労困憊なのだ。このうえさらに疲れるような真似は御免こうむりたい。

時計の針は十一時五十分を指していた。

正午までには食堂に集合しろ。そう助教の尾凪に言われている。今日、風間教場の学生は全員集まって一斉に「いただきます」をするぞ、と。

何が狙いだ？　教場の団結心を高めるためだろうか。

まあ、それはいずれ分かることだ。とにかくいまは、このわずかな空き時間を利用して、家族に無事を伝えなければ。

面倒くさいが、仕方がない。三日に一度は必ず自宅に連絡して家族の声を聞いておけよ。尾凪には普段から、そうきつく言われてもいるのだ。こちらとしてもあまり親を心配させたくはない。

携帯電話は入校直後から学校側に没収されている。休憩時間になると、こうして公衆電話の前に学生の列ができてしまうのはそのためだ。

ロビーに設置されている緑色の電話は二台ある。電話をかけ終えた学生たちが足早に食堂へと向かう中、隣の列の最後尾に並んだ学生がいた。

同じ風間教場の門田陽光だ。

門田の様子は、どうも落ち着かなかった。一方に並んではみたものの、別の列にした方が、もっと早く順番が回ってくるのではないか。そんなふうに、いまだ迷っている素振りだ。

「こっちに並んだ方が早いぞ」矢代は小声で門田に声を掛けた。「おれの電話はすぐ終わるから」

「本当に？」

「嘘じゃない。ほんの一瞬だ」

「一瞬て、また大袈裟な。でも、そこまで言うなら」

門田は半信半疑の顔でこっちの列に移動してきた。すかさず、彼のいた場所に別の学生が並ぶ。

矢代の番になった。受話器を持ち上げ、百円硬貨を投入する。そしてコール音をたった一回聴いたところで受話器を置き、戻ってきた百円玉を回収しながら門田の方を振り向いた。

「どうぞ」

「え、もう終わりなの。本当に一瞬だったね」

「だろ」

矢代は歩いて食堂に向かった。走る必要はない。正午まであと二分。ぎりぎりだが間に合う。

と、背後から駆け足の音が近づいてきた。それに「ねえねえ」と呼びかける門田の声が加わる。

「矢代くん、さっきの電話だけど」

小柄な門田の声は甲高くて耳障りだ。

「ちょっと訊くけどさ、あんなに早く切ったってことは、家の人が何も喋る暇がなかったってことだよね。矢代くんだって一言も喋ってなかったし」

「それがどうした」

「どうしたって、電話をかけた意味がないじゃん」

鈍いやつだ、と思いながら説明してやることにする。

「あらかじめ、家族とサインを決めてあるんだよ」

「サイン？　え、どういうこと」

まだ分からないか。本当に頭の回転がとろいな。

「あらかじめ合図を決めてあるわけ。正午ちょっと前に電話の音が一回だけ鳴ったら、それは警察学校にいる息子からの連絡で、『何も変わりがないから心配しなくていい』という意味だ、ってな」

三回コール音を鳴らしてから切ったら「ちょっと疲れ気味」。五回ならば「かなり参っている」。七回なら「限界だからもう辞めたい」。それが家族との間で取り決めたサインだった。

「昼の時間、自分の携帯電話がどんなふうに鳴ったのかを、お袋が聞くだけで、ああ息子はいま警察学校でこういう状態にあるんだな、ってことが分かる。そういう寸法だよ」

門田は指を鳴らした。

「そっか、なるほどねっ。ずるいやり方だけど、頭いいっ」

「そう思うなら、そっちも真似したらどうだ。金と時間をかなり節約できるぞ」

「確かにね。……だけど、遠慮しとく。お金と時間がかかったとしても、ぼくは家族の声をちゃんと聴いた方がいい」

言ってから、門田は照れたように笑い、

「あっ」

と、こっちを指さしてきた。

「何クサいこと言ってんだ——そう思ったでしょ、いま」

まともに付き合っているのが面倒になり、矢代は黙ったまま門田から顔を背け、食堂の入り口をくぐった。

風間教場の貸し切りというわけではないから、食堂内には先輩期や兄弟期の学生たちも続々と入ってくる。

彼らの邪魔にならないよう、同じクラスの仲間たちは広いスペースの西端に固まって座っていた。もうほとんど全員が着席しているようだ。

ぱっと見て、カウンターに近い席が空いていたため、そこに腰掛けると、向かい側に門田が座った。

テーブルにはすでに三十六食分が用意されている。矢代は目の前に並んでいる皿に目を落とした。

通常であれば、その日のメニューの中から自分の好きな献立の食券を買って選べることになっている。しかし、今日は全員が同じものを食べさせられるらしい。

白米、鮭（さけ）のムニエル、大根と竹輪の炒め煮、レタスのかきたま汁。それが昼食の献立だった。

「ようし、これで全員そろったな」

すでに来ていた尾凪が声を張り、先輩期と兄弟期の学生たちの視線までをも一身に集めた。

「いまからみんなで一斉に食うぞ。だがその前に特別講義を行なう。——矢代、立て」

なぜ自分が指名されなければならないのか。その理由が分からなかったため、立ち上がるのが一拍遅れてしまった。

「おまえ、入校する前に警察から表彰を受けているそうだな」

「はい」

　この件は自然と同級生たちの間に漏れ聞こえるだろうと思っていたが、知らなかった者がほとんどだったらしく、場が軽くどよめいた。

「凄（すご）いじゃないか、金一封ももらったのか？」

「いいえ、感謝状だけです」

「それでも立派だぞ。すでに他のやつらより一歩も二歩もリードしているってわけだ。――で、何をして褒められたんだ？　ここで話してみろ。そしてみんなに自慢してやれ」

「大したことはしていません。ちょっとした人命救助です」

「もっと詳しくだ」

「はい。わたしが大学生のころ、通学路で、わたしたちの先輩の一人が」

　ここで矢代は言い淀（よど）んだ。

「遠慮するな。続けろ」

「はい。――この県警の警察官が、自殺を図りました」

　後で聞いたところでは、その警察官は拝命三年目の若い男性巡査だった。非番の日に、自家用車の中で交番から持ち出した拳銃を使って頭を撃った。その音を聞きつけたのが、大学の授業を終えて帰宅する途中の矢代だった。

「道端に停（と）まった車から、パンという大きな音が聞こえてきたので、わたしはそちらへ駆けつけました。窓ガラス越しに見ると、運転席で男性がぐったりしていました。手には拳銃を握っていました。幸い頭からの出血は少なく、胸も上下していました。そこで車のドアを開けて、シートを倒して男性を寝かせ、気道を確保してから、持っていたスポーツタオルで止血をしました」

「ってことは、おまえは人命救助のテクニックをちゃんと身につけていたわけだな」

「いいえ。見様見真似というレベルの処置に過ぎません。あとは救急車を呼んだだけです」

「おいおい、がっかりさせんなよ。じゃあ、救命法をちゃんと学んだことはないのか」

「はい」

「だったら、おれが教えてやる。――まず、自分で自分の首を絞めてみろ。もちろん真似だけだ。本当に絞めるなよ」

「こうですか」

矢代は左右の親指を広げ、両手を重ねるようにして喉の前にあてがってみせた。

「ようし。みんな矢代の方を見ろ。このポーズをチョーキング・サインという。息ができないという世界共通の合図だ。――矢代、呼吸ができないのは例えばどういうときだ？」

「何かが喉に詰まってしまった場合です」

「そうだな。そういう人を見つけたとき、どうやって助けたらいいかをこれから教える。まずは口を開けさせることだ。そして異物が喉の奥に見えたら、そのまま手や指で取り除いてやる」

尾凪はこちらの口の中に手を入れる真似をした。

「もしも異物が喉のずっと奥にあって見えない場合は――」

尾凪の手で強引に上半身を前に倒された。そうかと思えば、すかさず背中をどんと叩かれる。

「こうする。背部叩打（こうだ）法と呼ばれるやり方だな。背中の中央部からやや上方を、強く迅速に連続して叩くのがコツだ。ここまでは分かったな」

はいっ。三十五人が声を揃えて返事をした。

「それでもまだ息ができないようなら、こうする」

尾凪に背後から密着された。彼の太い腕が胴体に巻きついてくる。不快感を覚える暇もなく、拳で胃袋のあたりを何度も突き上げるように圧迫された。

「こういう処置を施す。ハイムリック法ってやつだな。耳にしたことぐらいはあるだろう。以上の処置をしても異物が取れない場合は、速やかに救急車を呼ぶことだ。その間、できれば人工呼吸などの処置を施しておけ」

やっと尾凪が離れてくれた。

「ところでおまえら、なんでおれがいまこんな講義をしたか分かるか」

答えた者は誰もいなかった。

「早食い訓練をしてもらうからだ」

尾凪は腕時計に目を落とした。

「私語はいっさい禁止だ。いいか、目の前にあるものを三分以内に全て平らげろ。いいな。ほい、スタート」

尾凪の指示が食堂に響き渡る。

誰にとっても予想外の展開だったらしく、みな一瞬ぽかんとした表情を見合わせた。

その後、一斉に食器の音が響き渡った。

「安心しろ。もし喉を詰まらせても問題はないぞ。近くにいる仲間から、いま教えた処置をしてもらえばいいんだからな」

矢代も必死にかき込みはじめた。味わっている余裕などまるでない。時間内に食べるだけで精いっぱいだ。

入校してから三週間が過ぎているが、尾凪のシゴキはきつくなる一方だった。

「言っておくが、急いだ方が身のためだぞ。三分で食えなかったら罰ゲームが待っているからな。そのときは向かいのやつと連帯責任だ」

矢代は向かいに座った門田を見た。陽光。その名前のとおり、やけに性格の明るい男は、この非常事態を楽しんでいるふうだった。

3

三分経過を知らせるアラームが鳴った。

「そこまでだ。箸を置け」

尾凪が、第九十四期初任科短期課程の学生たちのあいだを、ゆっくりと歩いていく。どこに準備していたのか、いつの間にか手には竹刀を持っていた。

「全員、残さず食ったな」

足音が背後で止まった。

矢代は竹刀の切っ先が自分の肩に当てられたのを感じた。

「その緑色をしたやつはなんだ、矢代」

「パセリです」

「どうして食べない？」

何を言われたのか分からない。

「これ、食べられるんですか」

生まれてからこのかた、ずっとパセリは残してきた。自分の周囲では家族も友人もみなそうしていたから、これは眺めるもので食べるものではないとばかり思い込んでいた。

「馬鹿野郎。当たり前だろうがよ。——立て」

「はいっ」

向かいに座った門田の方が先に立ち上がっていた。

尾凪の手で、目の前と門田の前に、どんどん、と置かれたものがあった。二リットルのペットボトルだ。

「飲め。一気に全部だ」

門田がボトルに手を伸ばしたが、そのキャップを開ける前に、

「待ってください」

矢代は言い、尾凪の方へ体の向きを変えた。

「失礼ですが、尾凪助教はおっしゃいましたよね。『家族の声を聞いておけ』と」

「それがどうした」

「わたしは、そのとおりにしたまでです。パセリを残したのは親の教えだからです。『これは料理に色どりを添えるだけのもので、残留農薬の心配があるから食べてはいけない』。そのように、

わたしは父親から教えられているんです」

「なにぃ」

尾凪は語尾を伸ばした。演技というわけではなく、本気で気色ばんだようだ。

「てめえ、いい加減なことをぬかしてんじゃねえぞ」

「本当です」

嘘ではなかった。幼いころから何度かそう教えられてきたのだ。

「きみの父親なら、わたしの知り合いだ」

ふいに静かな声がした。振り返ると、背後に教官の風間が立っていた。いつの間に食堂に入ってきたのだろう。まったく気づかなかった。

「たしかに、彼もパセリは食べなかったな」

尾凪の視線が下がった。バツの悪そうな顔をしている。矢代は内心で嘲笑した。

尾凪の横に並ぶと風間は続けた。

「この場はわたしが裁定しよう」

尾凪が視線を伏せたまま一歩後ろに退く。

「矢代、助教の指示どおり家族に電話をしているか」

喉をきゅっと締めつけられるような気がした。風間の声はどこまでも静かだが、なぜか凄みがある。これに比べたら、尾凪の怒鳴り声を聞いている方が気持ちはずっと楽だ。

「はい。先ほどもしたばかりです」

「家にいるのは誰だ」

「母親と姉です」

「母親は専業主婦だな」

「はい」

「姉は何をしている」

「以前は会社員でしたが、いまは結婚を控えていて無職です。家で、いわゆる家事手伝いをしています」

「電話は誰にした。母親か姉か」

「母です。携帯電話にかけました」

「どんな言葉を交わした」

「『おれは元気だから心配しなくていいよ』と」

とっさに嘘をつく。「ちゃんと会話をしろ」と尾凪に命じられている手前、コール音の合図だけで済ませていることを正直に告白するわけにはいかない。

「母親は何と言った」

「『よかった。これからも根性で食らいついていきなさいね』。そう言いました」

口調が嘘くさくなった。母がこんな言葉を口にするだろうか。そう瞬間的に自問してしまったせいだ。

「電話をしたとき、母親は何をしていた」

「これから買い物に出掛けるところのようでした」

「交通手段は何だ」

質問は矢継ぎ早だ。こちらが話し終えてから風間が次の一語を発するまで、ほとんどノータイムと言っていい。彼は昨年度まで新米刑事の指導官をしていたと聞いている。もし風間自身が取り調べにあたって、本命の被疑者を前にしたときは、きっとこんな具合に凄まじいテンポで問い詰めていくのだろう。

「自家用車です。いまは姉が母の車を運転しています。受話器から車のエンジン音も聞こえましたから、乗り込む直前にわたしからの電話を受けたようで――」

「助教」

矢代が言い終えるまえに、風間は尾凪の方へ顔を向けていた。

呼ばれた尾凪が姿勢を正す。

「きみの勝ちだ」

思考が空転した。その裁定は何を根拠に下したものか。

見当がつかないのは、勝者となった尾凪も同じらしい。助教は戸惑った表情のまま、その顔をぐっと近づけてきた。

「聞いたな。続きをやるぞ。飲め」

もはやこれ以上は逆らえない。ほかの学生たちが見守る中、矢代は門田と一緒にペットボトルに口をつけ、ぐっと傾けた。

すぐに口元から水が溢れる。だが飲み口を唇から離すわけにはいかない。ちょっとでも離せば、別の〝刑罰〟が待っているだろう。いくら床にこぼしたとしても、二リットルを一気飲みしたという体裁だけは整えなければ。

ようやくペットボトルが空になった。

「よし、全員いまから」尾凪は肩越しに親指でグラウンドのある方角を指差した。「外に出ろ。五分以内にな。矢代に門田、おまえらだけは三分以内だ。床をきれいに拭いてからだぞ」

吐き気を抑えつつ、矢代は食堂の出口へ向かって走った。門田もついてくる。

廊下の掃除道具入れから雑巾を二枚取り出し、一枚を門田に向かって押し付けるようにして渡しながら食堂に戻った。

門田は、うおおっと声を上げながら、床に屈(かが)んで雑巾をやみくもに動かし始める。この刑罰をも心底楽しんでいる様子だ。

矢代はできるだけ体力をセーブするため、しゃがまずに雑巾を足で使った。

水を拭き終えたときには、もう一分しか残っていなかった。

雑巾を持ったまま、二人で転がるようにしてグラウンドに出る。

すでに全員が整列していた。

「これから少し運動してもらう」尾凪が腰に手を当て、声を張り上げた。「安心しろ、グラウンド一周だけだ」

皆ほっとした表情を浮かべる。

「ただし、アヒル歩きでな」

遠く花壇の方を見やると、如雨露(じょうろ)を持った男の姿があった。

風間だ。

こっちを見向きもしない。学生たちより植物の方がずっと大事。そんな素振りだ。

自分の父親も警察官で、風間とは同期だった。

担任の教官は風間公親という人だよ。そう伝えたとき、父は複雑な表情をしたものだった。

――よかったな。

――終わったな。

その二つの感情がない交ぜになったような顔だった。

大学生のころまでは、父の背中を追うことに迷いはなかった。大学では法学部の授業をサボり倒したものの、試験だけは要領よく点数を稼ぎ、上位の成績で卒業した。だから有名企業に進むこともできたが、それでも進路に迷いはなかった。

ところが、警察学校に入校し、警察官という仕事の端緒に触れてすぐ、後悔の念が生じてきた。

この仕事は予想以上にストレスが強いと分かったからだ。

日々の生活。それ自体が刑罰のようなものだ。学校を卒業し、実際の勤務が始まっても、ずっとこの調子なのだろう。これから定年までの人生は、言ってみれば「懲役三十六年」といったところか……。

風間から視線を外し、矢代はアヒル歩きを続けた。

誰も見ていなかったら、立って歩ける。

そう思い、わざとペースを落としにかかった。学生たちの最後尾につければ、尾凪の目を盗んでズルができるだろうと踏んだからだ。

そのとき、後ろから追いついてこちらの隣に並んだ学生がいた。

門田だ。へらへらと笑っている。

――無理すんな。作り笑いなんかしていると、精神がぶっ壊れるぞ。

そう声をかけてやろうと思ったが、門田の笑顔に作り物めいたところはない。この男は自分が警察官になれたことが嬉しくてしょうがないのだ。いまも本心からこのシゴキを楽しんでいるに違いない。

矢代が胃袋の中身を全部グラウンドの上に吐き出したのは、それから五分と経たないうちのことだった。

4

自席の椅子に座り、尾凪はまた左の中指をさすった。への字に折れ曲がった第一関節がいまも疼いている。ある人物が近づいてくる予感があったせいだ。

ほどなくして静かな足音が耳に届いた。

目を上げる。思ったとおり風間が立っていた。

「授業で学生たちに実銃を見せたいと思うが、どうだ」

「それはいいお考えだと思います」

拳銃操法の授業もすでに始まっているとはいえ、まだ銃の構造を覚えたり、構え方を習得したりする段階だ。実銃には触れさせていない。

「では、一挺借りだしてくれないか。銃だけでいい。弾丸は不要だ」

「承知しました」

請け合ってはみたものの、射撃場から拳銃を借りてくるなど、いままで一度もしたことがない仕事だ。たしかに射撃場にある拳銃のうち何挺かは、一般教場での授業のため持ち出しが許されている。知っているのはその一点だけだった。

慌てて学校の事務取扱要領を捲ってみると、射撃場の保管庫から拳銃を持ち出す際は、「備品の目的外使用願」なる書類が必要だと分かった。

その用紙に必要事項を記載してから、尾凪は校長室へ向かった。備品が拳銃の場合は、学校長印が必要だった。

ノックをしてドアを開けたところ、校長の四方田は、東側の窓から外を見ていた。

風間の授業で拳銃を使用する旨の説明をし、書類を机上に置いた。

「内容をご確認のうえ、こちらに押印願います」

窓際を離れた四方田は執務用の机に戻り、印鑑を取り出した。

「今期はだいぶきつめにやっているようじゃないか、尾凪くん」

一昨日（おととい）のアヒル歩きについて言っているのだと分かった。校長室の東窓からはグラウンドがよく見渡せる。

「最初に風間教官から言われましたので。『凪ではなく風になれ』と」

「なるほどな」軽く笑って四方田は書類に印鑑を押した。

「ただ、まだそよ風といった程度なのですが」

「残念だが、そのようだな。電話では車のエンジン音を聞くことができない――ぐらいの知識は持っておかないと、風間くんにはついていけないだろうね」

いまの言葉から、食堂での一件が四方田の耳にもすっかり入っているのだと知れた。

あのときは正直焦った。風間の助け舟がなければ、矢代に言い負かされていたところだ。

家族と言葉を交わしていると矢代は言ったが、それは嘘だった。電話で聞こえる音の周波数は普通の機種で三〇〇から三四〇〇ヘルツ。一方、車のエンジン音はだいたい二五〇ヘルツだ。そこから風間は、矢代が作り話をしているのだと瞬時に見破った。

「校長は、風間教官から多くを吸収しろとおっしゃいましたが、どれぐらいできるか、まったく自信がありません」

出会ってからまだ一か月も経っていない。だが、すでに薄々分かっている。あの教官がこちらとは警察官としてのレベルが違い過ぎていることが。

「そう言うだろうと思ったよ」

四方田は微笑を浮かべて指を組んだ。

「犯人が現場から逃げるとき、水溜まりに足を突っ込む場合があるだろう」

「……ええ」

校長の口から出てきた言葉が予想外だったため、返事が一拍遅れた。

「あるでしょうね」

「その足跡をどうやって採取する?」

予想外の問いかけに面食らい、今度も返事がすぐにはできなかった。そもそも答えが分からない。

「覚えていないか？　きみがここの学生だったころ、犯罪捜査の授業で習っただろう」

「そんな記憶も微かにありますが……。すみません、方法をすっかり忘れました」

いま所属している教養課を除けば、これまで県警内で自分が経験したのは地域課だけだ。刑事や鑑識の仕事に携わったことは一度もない。

「難しくはないんだ。石膏（せっこう）の粉を、足跡めがけて少しずつ水面に落としていくだけだ。辛抱強くな。水の中でもいずれ粉は固まり、きれいに足跡をコピーしてくれる」

「そうなんですね」

「いまはもっとスマートな方法があるかもしれないが、わたしが習ったのはそういうやり方だった。——わたしが何を言いたいか分かるね」

「はい」

風間の実力は破格だ。彼の全てをすぐにコピーできる者など誰もいない。水面に一粒ずつ石膏の粉を落とすつもりで、少しずつ学んでいくしかないのだ。

「まあ、何事も辛抱だよ」

押印を終えた書類を、四方田が差し出してくる。

受け取ろうとしたが、校長は書類を手放さなかった。

「きみは甲子園常連校の出身で、しかも野球部員だったね」

「はい、一応は。補欠でしたが」

「ならば一度でも考えたことはあるか」

「何をでしょうか」

「三年ごとに選手が入れ替わる高校野球で、なぜ毎年伝統校が強いのか。その理由をだ」

意表をつく質問だった。すぐには答えられない。

ここで四方田は書類から手を離した。

「心理学で使う『モデリング』という言葉がある。聞いたことはないかな」

「モデリング……ですか。『手本にする』という意味でしょうか」

「そういうことだな。後輩が優秀な先輩を目標とし、それに近づこうと努力する。やがてその先輩が卒業しても、後輩が立派にあとを受け継ぐ。つまりモデリングをする。だから強い学校は毎年、順繰りにいい選手を輩出できるわけだ」

腑(ふ)に落ちる説明だった。

「この学校も警察界の強豪校にしたいものだな」

「同感です」

「そのためには、きみが学生たちのよいモデルになってくれないとな。それは可能なはずだよ。幸い、今期のきみには特別なモデルがいるからね」

だろ？　そんな目で四方田はこちらを見上げてくる。

「校長、わたしも一つ訊いてよろしいでしょうか」

「何だね」

「風間教官は、わたしが野球をやっていたことを知っていました。もしかして校長がそのことを風間教官にお教えになったんですか」

「いや、わたしは何も言っていないが」

「そうですか。失礼しました」

尾凪は自分の左中指に目を落とした。

初対面のとき、ほぼ会った瞬間に、風間はこのマレット指に気づいた、ということだ。

そして、こう睨(にら)んだ。この助教は突き指の多いスポーツをしていたに違いないと。野球かバスケか、そうでなければバレーボールのいずれかだろうが、助教のタッパはそれほどない。そこからバスケとバレーを除外し、野球と結論づけたのだろう。

この身にそこまでの推理力があるかと問われれば、否と答えるしかない。風間——自分ごときが手本にするには、あまりに遠い存在だ。

高い壁を見上げるような気分を抱えたまま、校長室を出た。

射撃場の管理を担当している職員に、四方田に押印してもらった書類を提出すると、相手は鍵を手渡してきた。射撃場にある拳銃保管庫の鍵だ。

射撃場に向かったところ、そこには誰もいなかった。聞こえるのは空調機の低い唸(うな)り声だけだ。ただ直前に授業を行なったクラスがあったらしく、硝煙の臭いだけは濃密に漂っている。

鍵を使って保管庫の扉を開けた。

中を覗(のぞ)く。上下五段に分かれた棚がある。一段に十挺ずつ、番号の書かれたプレートが貼ってあり、その下に合計五十挺のＳ＆Ｗ（スミス＆ウェッソン）Ｍ37エアウェイトが並んでいた。

銃は遠くから見ただけでも圧倒的な存在感を放つ。目の中に黒い鋼の塊がどんと飛び込んでくる感じだ。

弾倉をスイングアウトし、中が完全に空であることを確認する。

ふと、自家用車の中で自殺を図った巡査のことが思い出された。彼が自殺しようとする際に使ったのも同じM37だ。鋼鉄製の銃口をこめかみに当てたとき、果たしてどんな心境だったのか。先日、暇を見つけ、件の自殺未遂について調べてみたところ、巡査が持ち出した銃弾が三発あったことを知った。一つは自殺に使われ、もう一つは回収されたが、残る一つは車内から発見されていないという。

もちろんその点に関して警察は件の巡査を問い詰めたが、当時彼は錯乱状態にあったため記憶が曖昧で、明確な返事が得られず、結局は見つからずじまいで幕となった。銃弾紛失という一大不祥事に、当時の本部長が記者会見で頭を下げたあとも、県警の窓口はしばらくの間、市民からの苦情対応に追われっぱなしだったようだ。

射撃場から出ると、尾凪はトイレのドアを開けた。

個室に入り、施錠する。

ホルスターからM37を取り出し、目の高さに掲げた。

銃口を自分のこめかみに当ててみる。

銃弾が装塡されていないとしても、銃口を人体に向ける行為は厳禁だ。

【銃口は決して人に向けないこと。弾倉が空であっても銃口を人に向けた場合は、その者に退校を命じる】

射撃場にはそのような張り紙がしてあった。もちろんここで言う「人」には、他人のみならず自分も含まれる。だから、こんな場面が誰かの目に触れたら、もちろんただでは済まされない。すぐに辞表を書かされるだろう。

慌てて銃口をこめかみから離したのは、怖くなったからではない。誰かに見られているような気がしたからだ。

思い浮かぶのは、もちろん風間だ。

まったくとんでもない人間の下に置かれたものだと思う。

拳銃をホルスターにしまった。いつの間にか腕の肌が粟立っている。拍動も強くなっていて、息が苦しい。

5

第三教場の最後部に立ち、尾凪は風間の授業を受ける学生一人一人の後ろ姿に目を走らせた。

精神が不安定な者はいないか。それが気がかりだった。

――この作法をきみから学生たちに教えてやったらどうだ。

急に自殺したくなったときは机の周囲を囲め。風間と初めて対面したときに伝授された作法については、もちろん学生たちに教えてなどいない。万が一実行されでもしたら、いったいどうするというのか。

学生たちから視線を外し、代わって教壇に立つ風間を見やる。

入校式から一か月近くが経ったいまでも、意外に思っていることがある。

風間は伝説の刑事だから、当然、担当する授業としては「犯罪捜査」が最も適当ではないのか。

しかし、学校側が彼に任せたのは「地域警察」だった。

もっとも、学生たちが卒業後に配属される先は交番だ。交番での仕事を教える地域警察こそ、警察学校で最も重要な授業と言ってもいい。ならば風間のように特別な人材をそこに投入したとしても、さして不思議はない。

そんなことを考えながら、尾凪は風間の一挙手一投足に目を凝らした。

先ほど借りだしてきた拳銃は教卓の上にある。ただし剝き出しというわけにはいかないため、上から袱紗を被せてあった。

水差しの置かれた教卓を前にして、風間が口を開いた。

「二〇〇一年の十一月に警察庁が一つの方針転換を行なった。それは何だかわかるか」

手を挙げたのは矢代だった。

「警察庁が『警察官けん銃警棒等使用および取扱い規範』を改正しました」

「正解だ。従来までの『可能なかぎり撃つな』から『撃つべきときは撃て』に方針が変わった。銃よりも警棒の使用を優先させていた旧規定は削除され、緊急時には予告や威嚇射撃なしでの銃使用を可とする規定が明文化された。銃を使用したあとは報告の義務があるが、この手続きも簡素化された」

ここで風間は教卓上の袱紗を剝いだ。

「これは本物だ。もちろん弾丸は入っていない。一人一人手に取り、拳銃を持つとはどういうことかを感じてみてくれ」

拳銃が学生たちの手から手へと渡されていく。

警察庁の改革を受け、ようやくこの警察学校でも一つの試みが行なわれることになった。学生たちは二人一組になり模擬交番で夜間勤務をするが、その際、本物の拳銃を所持させることにしたのだ。もちろん弾丸はこめない状態で、というただし書きはつくが。

「今月の下旬からは、学外での実地研修もある。きみたちは実際に交番での仕事を体験することになるわけだ。そこで、とりあえず覚えておいてほしいことを今日は教える」

風間は矢代を指名し、教壇に呼び寄せた。

矢代は背中を丸めている。

食堂の一件があって以来、あまり生気が感じられない。風間に鼻柱をへし折られたことが、よっぽど応えたと見える。これまで何事も適当に手を抜き、面倒を避けてすいすいと泳ぐように生きてきた様子だが、もうそうはいかないのだと思い知らされたのだろう。そのショックはかなり大きかったようだ。

「交番で勤務しているとき、道を訊ねる人が入って来たとする。そのとき、きみはどうするか」

「地図を出して道を教えます」

「違う。――分かる者はいるか」

誰も手を挙げない。

尾凪は背中に冷や汗を感じた。自分にも正解が分からなかったからだ。

「正解はこうだ」

風間は机の上に置いてあった水差しをそっと手前に引き寄せた。

「この行為にはどんな意味がある」

「……受傷事故を防ぐ、ということでしょうか」

矢代が答えると、風間がふっと頰を緩めたのが分かった。

「そうだ。交番は常に悪意ある襲撃者に狙われていると思え。道を訊ねるふりをして、きみたちに襲いかかろうとする者がいる、とな。凶器になりそうなものがあったら、向こうの手の届く範囲から遠ざけろ。下手をすれば拳銃を奪われる事態にもなりかねんぞ」


授業を終えて教官室に戻ると、尾凪は風間に呼ばれた。

「模擬交番勤務の組み合わせを考えてくれないか。学生たちを二人一組に分けてほしい」

「分かりました」

「昔のドイツ軍が戦争時の徴兵検査で、じっくり面接する余裕がないとき、次から次に応募してくる人間の適性を効率よく仕分けるために採用した方法を知ってるか」

前触れもなく突飛なことを言い出すのが、風間という男が持つ特徴の一つだ。

「いいえ」

風間は紙に大きく十字を描いた。

そして縦軸の上に「利口」と、下には「馬鹿」と書き入れる。

「ここで言う馬鹿とは頭が悪いという意味だけではなく、物事に対して愚直になれるかどうか、ということをも含んでいる」

そう言ってから、横軸の右に「真面目」、左に「不真面目」と書き足した。

「この四分類のうち、歩兵ならどういう人物が向いていると思う?」

「これでしょうか」

尾凪は表の右下を指さした。

突撃しろと命令しても従わない者が歩兵をしていたのでは戦闘にならない。きっと「馬鹿で真面目」な人間が向いているに違いない。

「では連隊長は？」

「これだと思います」

その対角線上にある左上を指さした。歩兵を動かす連隊長は馬鹿では務まらない。かといって柔軟性のない堅物でも駄目なはずだ。「利口で不真面目」な要素が必要だろう。

「正解だ」

作戦を考える役目の参謀には、「利口で真面目」な人物が、その作戦の遂行を決断できる大将には、実は「馬鹿で不真面目」な人物が向いている。

そう風間は説明した。

「この四分割表で学生を分け、できるだけ同じ属性の人間が重ならないようにコンビを作ってほしい」

「分かりました」

まさに風と凪のように、か。

風間の狙いは理解できた。できるだけ違う者同士をぶつける。彼我を比べさせる。それで落ち込むような学生なら、精神に強靭さが不足しているということだ。警察官には向いていない。

答えた尾凪の脳裏に、二人の学生が浮かんだ。

馬鹿で真面目なら代表格は門田だろう。利口で不真面目といえば矢代だ。とりあえず、この二人をコンビにしてみるか……。

6

模擬交番の夜は静かに更けていった。

矢代は背中に、疲れからくる張りを強く感じていた。腰の拳銃がずしりと重い。

「警察学校では、銃の取り扱いはすごく厳しく教えられる」相勤の門田が言った。「でも、卒業して第一線の交番へ行くと、これがガラリと変わって、意外にいい加減なんだよね」

たしかに拳銃の暴発事故がときどき報道されるが、警察発表の記事を読めば実におかしなものがたくさんある。

拳銃は、それほど暴発する代物ではない。また、簡単に間違いが起きるような低品質の銃を警察庁が採用して全国の警察官に持たせるはずもない。

「そう言えば、風間教官てさ」門田は自分の右目を指さした。「こっちが義眼だろ」

「らしいな」

答えて矢代は内心で軽く身震いをした。ただでさえ怖い相手なのに、隻眼という異相(いそう)が近寄りがたさに輪をかけている。

「そうなったのは、どうしてかな」

「さあ」

そう言えば、聞いたこともなければ、考えたこともなかった。

「もしかしたら、拳銃で事故ったのかも。新聞にはよく『点検中に暴発』なんて載っているけど、それは嘘に決まってるよ。第一、拳銃の手入れは本署の指定場所以外ではNGになっているし。じゃあ、どうして交番で暴発事故が起きるかというと、こういうことなんだよ」

門田はホルスターから拳銃をさっと抜いてみせた。いわゆる「早撃ち」をしたつもりらしい。

「暇なとき、つい拳銃ごっこをしちゃうからだ」

本署以外の場所での暴発事故のほとんどは、警察官自身が拳銃をもてあそんでいたために起きる。これは全国の警察官にとって周知の事実だ。

「ところで矢代くん、もっとすごい早撃ちの方法を知ってるか」

矢代は苛々しながら時計を見た。ちょうど午前二時。門田が校内の見回りに出掛ける時間だ。

「ふざけてないで、早く仕事をしてきなよ」

「そう堅いこと言わなくてもいいじゃん。同じクラスに染谷くんってのがいるだろ。実はあの人がかなりの拳銃マニアでね、彼に教わったんだ。――こうするんだって」

門田はホルスターに無理やり拳銃を前後反対に入れた。それを後ろから掬うようにして手に取り、上下を逆さまにして構えてみせる。

「こういう撃ち方もあるんだ」

「おい、危ないだろ!」

苛立ちが頂点に達し、矢代は机をバンと叩いて立ち上がった。

月が雲に隠れていた。空気は湿っている。

宿直室を出ると、尾凪は模擬交番へ足を向けた。

普通なら、何かの拍子に夜中に目が覚めてしまったとしても、夜間警備にあたる学生の様子をいちいち見に行くことはない。だが、今日ばかりは妙な胸騒ぎがし、そのまま二度寝する気にはなれなかった。

嫌な予感とは往々にして的中するものだ。

模擬交番の入り口に立ったとき、そこで目にしたものは、矢代と門田が取っ組み合いをしている光景だった。

パイプ式のファイルが何冊も床に放り出され、スチールデスクも斜めになっている。その机からは前部の抽斗（ひきだし）が外れ、部屋の隅に転がっていた。

「何やってんだ、おまえら。早く離れろ！」

尾凪は二人を引き離した。

「門田、何が起きたのか、正確に話せ」

嘘は許さん、というつもりで厳しい表情を尾凪は作った。その顔を前にしても、動じる素振りを見せずに門田は口を開いた。

「わたしがホルスターからちょっと拳銃を取り出しただけなのに、矢代くんに『危ないだろ』ときつく注意されました。それがわたしには納得いきませんでした。午前二時から二時半まで校内の見回りにでかけましたが、そのあいだも気持ちを整理できませんでした」

「矢代、いまの証言に間違いないか」

矢代は頷いた。

「門田が見回りをしているあいだ、おまえは何をしていたんだ」

「模擬交番の書棚にほこりが溜まっているのに気づきましたので、そこからファイルを取り出し、棚板を水拭きしようとしました」

「門田、見回りを終えてからどうした」

「模擬交番に戻りました。するとまた矢代くんと口論になり、ついには摑み合いの喧嘩になりました」

尾凪は矢代の顔を覗き込んだ。「本当か？」

「はい」矢代は青白い顔で頷いた。

7

あれは何だろうと矢代は思った。

これから風間による地域警察の授業が始まる。それに先立ち、尾凪が授業で使う小道具の類を教卓の上に準備した。その中に、見慣れないものがあるのだ。

矢代は前屈みになり目を凝らした。

風間が入室してきたのは、その見慣れないものの正体が幼児用のおしゃぶりだと判明した直後のことだった。

「先週の夜、模擬交番での勤務中に、あろうことか喧嘩沙汰を起こしたコンビがこの中にいる。身に覚えのある者は前に出ろ」

矢代は斜め前に座る門田の方へ視線をやった。

門田もこちらを振り返る。

風間の言葉に該当する者。それは、どう考えても自分たち以外にいなかった。

門田が腰を浮かせて椅子を引いたタイミングで、矢代も立ち上がった。

二人で教壇に上がる。

「きみたちには、罰としてこの授業で恥をかいてもらおうか」

風間はまず門田の前に歩み寄った。

「きみは早撃ちができるそうじゃないか」

風間は門田にホルスターを付けさせ、ゴム製の拳銃を渡した。

「これを使って、皆の前で実演してみてくれ」

門田は、銃の上下を反対にして撃つ技を披露した。

「ほう、なかなか上手だ。だが、まるで子供だな」

そう言いながら、風間が門田の口に咥(くわ)えさせたものがあった。幼児用のおしゃぶりだ。学校のカリキュラムには子供をあやす体験授業もある。そのときに使用する備品だった。

どっと笑いが起こるなか、風間は次に矢代の前に立った。

「さて矢代、門田の方を見てほしい」

その言葉に従い、矢代は首を横に向けた。

「あんな具合に、もし家のなかで幼児が本物の拳銃を玩具(おもちゃ)にしている場面に遭遇したら、どう対処するのが正解だと思う?」

脳内が空転し、すぐには何の答えも浮かばなかった。

「三回答えるうちに正しい答えを言えなければ、きみには居残り授業を受けてもらおう」

「……銃をよこしなさい、と声をかけます」

「違う」

「駆け寄って銃を奪います」

「違う」

「では、離れた位置から長い棒で叩き落とします」

「それも違う。相手は幼児だぞ。いつ発砲するか分からんだろう。だから刺激するような言動はすべて禁物だ。したがって正解は『あっちに向けてごらん、と壁を指さす』、だ。——では居残りをしてもらおう」


やがて授業が終わり、皆が教場から出ていった。

一人居残った矢代の前に、

「これを見てほしい」

そう言って風間が置いた小道具が二つあった。

一つは、さっき門田に持たせたゴム製の拳銃。

もう一つはナイフだ。スイッチを押せば柄の中から模擬のブレードが出てくる仕掛けになっている。

「さて問題を出そう。アメリカにあるカリフォルニア州の名前ぐらいは知っているな。犯罪の多いロサンゼルスという大都市を抱えているところだ」

「はい」

「ここにある二つの凶器のうち、カリフォルニア州では、どちらを所持している場合、より違法性が高いと判断されるか。答えてみろ」

口を開こうとしたところ、風間に待ったをかけられた。

「言っておくが、これは生き残りをかけた試験だ。もし間違えたら、きみにはここを辞めてもらう」

矢代は自分の顔から血の気が引くのを感じた。

「……拳銃だと思います」

常識的に考えれば、どうしたってそういう答えになる。

「ほう。正解は――。いや、実演してみた方が分かりやすいだろう。これを持て」

風間が拳銃を手渡してきた。

「帯革のホルスターに収めろ」

そう命じて、風間は右手にナイフを持つと、五メートルくらいの距離を空けた。

「ホルスターのボタンは外したままでいい。銃身だけを突っ込み、グリップを握った状態にしておけ」

言われたとおりにした。

「いまから、どっちが早いか競争してみようじゃないか。わたしの腕が少しでも動いたら、きみは拳銃をホルスターから抜いていい。このナイフを突きつけられる前に、わたしに向かって引き金を引いてみろ。何なら、門田のように曲芸を使ってもいいぞ」

分かりました。そう返事をしたつもりだが、緊張のために喉が干上がり、まるで声にならなかった。

「では始める」

粘つく唾液を飲み込みつつ、風間の右手に全ての注意力を注いだ。

何秒かのあいだ、風間の全身はピクリとも動かなかった。目の前にスクリーンがあり、そこにこの教官の静止画像が投影されているかのような錯覚すら覚える。

風間の右肩がわずかに下がったのは、こちらの気持ちがふと緩みかかったときだった。

矢代は息を止めてホルスターから拳銃を引き抜いた。

だがそのときにはもう、風間の足は大きく踏み込まれ、右手にあるナイフの切っ先はすぐ目の前に位置していた。

模擬銃を構える余裕すらなかった。

「これで分かったろう。正解はナイフだ。至近距離での闘いなら、拳銃よりナイフの方が有利となる。拳銃は、ホルスターから抜き、安全装置を外し、撃鉄を起こして——と時間がかかる。だがナイフは抜いてすぐ刺せる。普通の路上で相対した時にはナイフが勝つことは証明されている。だからカリフォルニア州ではナイフの方がより違法性が高いと判断されるわけだ」

風間による〝最後の講義〟を矢代は呆然（ぼうぜん）としながら聴いていた。

8

机と椅子とシングルベッド、そしてゴミ箱。

元からある備品と言えばそれぐらいだ。

尾凪は備え付けのクローゼットを開けた。ここも空だ。矢代が残していったものは一つもない。

退去に際しては何も問題がなかったことを確認してから教官室に戻った。

「失礼します」

自席についていた風間の前に、尾凪は立った。

「お忙しいところ申し訳ありません。一つお訊きしますが」

そこまで口にし、すぐに言葉を切った。目の前にある風間の机。その上に置いてある小さな物体に目が吸い寄せられたせいだ。

ちょうど親指ほどの大きさで、ややくすんだ金色をしている。ぱっと見たところ、短めのリップクリームかと思ったが、すぐに九ミリの銃弾だと分かった。実物のようだ。

今度は授業でこれを学生に見せるつもりだろうか。そう考えながら、尾凪は仕切り直しの空咳（からせき）を一つ挟み、改めて口を開いた。

「お訊きしますが、どうして矢代を退校させたんですか。喧嘩の一件では、どう考えても門田の方に非があったと思うのですが」

「きみの目は節穴か」

返ってきたその言葉に、尾凪は凍りついた。

「二人が喧嘩をしたあと、きみは模擬交番の内部を見ているだろう。その様子をわたしにも報告してくれたな」

「ええ」

「その情景を思い出せ」

尾凪は目を閉じた。

「気づいたことはないか。床には何があった?」

「分厚いパイプ式のファイルが散乱していました」

「そうだ。では、わたしと最初に会った日のことを覚えているか。そのとき、きみにどんな話をしたのかを」

「もちろん忘れてはいません」

あの話は強烈だった。忘れようとしても、いまだに頭から離れない。だから模擬交番の床にパイプ式ファイルが散乱しているのを見たときから疑ってはいた。矢代も死神に取り憑かれ、自殺しようとしたのではないか、と。

彼の父親は風間と同期だ。同じ教官から指導を受けたのだ。だとしたら「自殺するときは壁を作れ」の話も知っていたはずだ。その父親から、息子も件の〝作法〟を教わっていたとしても不思議ではない。しかし——。

「お言葉ですが、矢代本人は棚を掃除しようとしたと言っています。本当にその通りだったとは考えられませんか」

すると風間は、目の前にあるスチールデスクを指さした。

「これは模擬交番にあるものと同じタイプの机だ。倒してみてくれ」

言われたとおりにした。デスクは横倒しになり、手前の抽斗が前に出る。

「気づいたことはないか」

風間は同じ質問を繰り返した。

尾凪は、はっとして答えた。

「抽斗ですね」

喧嘩の現場にあった抽斗は、机から外れて床の隅に転がっていた。

だが普通、スチールデスクのそれは、いま実験したとおり、簡単には外れない。机本体から分離させるには、軽く上に持ち上げてやるなどの操作が必要だ。

「すると、矢代は抽斗を故意に外していた、ということになりますね」

「そういうことだ」

倒したスチールデスクを元に戻しながら、尾凪は、それにしても、と思った。

「それにしても、矢代が抽斗を外したことに、どんな意味があるんですか」

「前回、自殺の作法をきみに説明したとき、一つ教えなかったことがある。もうひと手間かけてこうするのが正式なやり方だ」

風間はデスクから手前の抽斗を外すと、それを机上に置いた。

尾凪は鳥肌が立つのを覚えた。

この抽斗が受け皿というわけか。飛び散った脳漿（のうしょう）の——。

受け皿を準備したということは、あの晩、やはり矢代は自殺を企図したわけだ。

――しかし銃弾はどうしたんです。あんなものを入手するのは不可能でしょう。

そう反論しようと口を開いたが、すぐに言葉を飲み込んだ。

かつて起きた巡査の自殺未遂。その現場となった車中からは、あるはずの銃弾が一つ発見されていないのだ。

救助に当たった者がそれを拾ったとは考えられないか。こっそり入手し、ずっと手元に保管していた。そして、この警察学校にまで持ち込んでいたとは――。

尾凪は再び机上の銃弾へと顔を向けた。

「では、もしかしてこれは……」

「ああ。矢代から回収したものだ」

鈍く光を反射する弾頭を見つめながら、尾凪は一つの言葉を脳裏に思い浮かべた。

――モデリング。

自信を喪失した新人は、手本にしてしまったのだ。かつて自分が救助した先輩を。

矢代のように思い悩むタイプの人間は、門田のように底抜けに明るい者を前にすると、ふと人生が嫌になったりするものだ。その選択は想像のできないことではない。

矢代は〝壁〟を作り、隠し持っていた弾丸を銃に込め、こめかみに当てた。そこへ門田が見回りから戻ってきた。そして、早まったことはするな、と矢代から拳銃を奪い取ろうとし、揉み合いになった。

そして門田は矢代を庇い、嘘をついたということだ。

風間はたしかに矢代の警察官人生を絶った。だが、代わりに彼の人生そのものを救ったとも言える。

尾凪はそっと風間の横顔を覗き見た。

初めての退校者を出したいま、さすがにこの男も内心では動揺しているのではないか。そう思って表情を窺ってみたが、そこには周章の色などいささかも見て取れない。

「もしかして教官は、門田も退校させるおつもりではありませんか」

何しろ事実に反する証言をしたのだ。考えてみれば、あいつの罪も軽くはない。

「無論、そうするべきだと思っている」

風間はこちらを向き、人差し指を立てた。

「もしも半端な人材を現場に送り出せば、いずれはどこかで――」

人差し指が上へと動き、自分の右目を指し示す。

「こうなるからな」

義眼の瞳が、蛍光灯の光を受けて鈍い輝きを放った。

「ただし門田の偽証は仲間を思いやってのことだ。ならば、今回だけは大目に見てやってもいいだろう」

言葉の内容こそ温情的だが、その口調はどこまでも冷ややかだった。

第二話　次代への短艇(たんてい)

1

手の平に軽い痺(しび)れを感じた。

かつてキャッチャーミットを嵌(は)めていた左の手だ。

五月下旬。この季節になると、甲子園を目指していっそう練習に熱を入れていたころの記憶が思い出される。バッテリーを組んでいた投手の球は重かった。グラブやミットには「あんこ」と言われるクッション材が入っている。そのあんこを増量しても、練習後の痺れは相当なものだった。

尾凪尊彦は軽く手を振り、幻影でしかないはずの痛みを振り払った。

その仕草を合図にしたかのように、教官室のドアが開き、

「失礼します」

入り口で礼をしてから学生が一人、尾凪の席へ近づいてきた。笠原敦気(かさはらあつき)だ。

「今日の教場当番は、おまえだな」

「はい」

「一時限目の地域警察は車庫でやるぞ」

風間の授業には助教の尾凪もアシスタントを兼務する形で参加することになっている。

「ええ。そのように聞いています」

「じゃあ、そこに授業用の車を一台準備しておいてくれ」

尾凪は車のキーを笠原に向かって軽く放り投げた。それは笠原の左側に飛んだため、彼は左手で受け取った。

「ぶつけんじゃねえぞ。――それと、ちょっとジャンケンをしようじゃないか」

なぜですか。そう問いかける隙を与えず尾凪は音頭を取り、パーを出した。

笠原も、慌てた様子を見せつつ右手でパーを出したため、あいこになる。

二回目も尾凪がパーにすると、笠原もまたパーで、再びあいこだ。

次に尾凪はグーを出した。笠原は今回もパーだったため、尾凪の負けとなった。

「三回も同じ手を出してくるかよ、普通。まったくふてぶてしいやつだな。グラブとミットはもう手に馴染(なじ)んだか?」

笠原は週に一度のクラブ活動でソフトボールをやっている。クラブの指導を担当している尾凪は、笠原の真面目な性格をよく知っていた。レジャー感覚で参加している学生が多いなか、笠原はどうすれば投打の技術が向上するかを熱心に考えている。いつだったか、捕球がうまくなるコツを教えてください、と真剣な表情で頼まれたものだった。

「おかげさまで、どっちも手の一部のようになってきました」

「じゃあ次はエラーすんなよ。それからおまえはスローイングもいま一つだな」

笠原がショートやサードの守備につくと、凡打がよくヒットに化ける。せっかくゴロをキャッチしても、ファーストに送る球が決まって山なりの緩いボールになってしまうためだ。

「バッターの足より遅いボールなんざ、投げたってしょうがないだろが。右肩を壊してるわけじゃないんだよな?」

「ええ。肩は問題ありません」

「だったら、遠慮せずもっと強く放れ。まさか腕や指がもげちまうわけでもあるまいし」

「そうします。守備は苦手ですが、内野でも二塁手ならもう少しましに務まると思いますので」

「たしかにセカンドが向いてるかもな。――そもそもおまえ、どうしてソフトを選んだ?」

「実家の近所にバッティングセンターがあり、そこに通って遊んでいるうちに打撃が好きになったからです。いまでもバットでボールを打つ快感が忘れられませんので、クラブ活動をするなら野球かソフトボールと決めていました」

俯くようにして遠慮がちにそう説明した笠原に、軽く笑いかけつつ、行け、と顎をしゃくってやる。

笠原は一礼して背を向けると駆け足で去っていった。

尾凪は一枚の書類を持って立ち上がった。笠原にこれの掲示も任せようと思ったが、忙しい朝に仕事が多すぎても酷かと考え直し、もしジャンケンで負けたらやらせることにしていたのだ。

笠原に負け、この仕事を自分でやる羽目になった尾凪は、掲示板の前まで行き、書類をピンで留めた。その紙には次のような内容が記載されている。

【第九十四期初任科短期課程　風間教場の学生へ
五月二十六日（水）四時限目のホームルームでは、若干名を指名し、以下のテーマで自由にスピーチをしてもらう。
テーマ「わたしが警察官を志望した理由」
制限時間は一人につき三分以内。スピーチ後、風間教官が内容に即したコメントをする形式で授業を進める。各自、指名されてもいいように準備しておくこと】

尾凪は風間より一足先に車庫へ向かった。ほどなくして一時限の開始時刻となった。笠原の先導で風間が入ってくる。

「今日はまず警察礼式について教えよう」

風間の授業はよけいな前置きを抜きにして始まるのが常だ。

「上司と車に乗るときはどうするか。そういう点も警察官のビジネスマナーである警察礼式に書いてある。まず誰かにそれを実演してもらおう」

「わたしがやります」

教場当番だから指名されると見越したか、笠原がきびきびとした動作で前に出てきた。

「では笠原、助教を上司として実演してみてくれ」

「はい」

笠原は車に近寄り、左側の後部ドアを開けた。そして尾凪を先に乗せ、自分がその左側に座った。

「いいだろう」

警察礼式なら尾凪もだいたい覚えていた。第二八条の規定はたしか、『自動車に乗車するときは、上官を先にし、その左側に着席し、下車するときは、上官を後にする』だ。

言うまでもないが、このように上官を先に乗せるのが基本のルールだ。

「ついでに説明すると」風間は続けた。「礼式には、車だけではなく船についても同じような規定がある。第二九条第一項はこうなっている。『船舶のげんていを上るときは、上官を先にし、降りるときは、上官を後にする』。――ところで笠原、『げんてい』とは何だ」

「タラップのことです」

即答だった。風間は左目をすっと細めた。笠原の優秀さに興味を持ったらしい。

「もう一つ訊こう。警察礼式では、敬礼についてもうるさく定めている。それは承知のとおりだな。ただし敬礼をしなくていい場合もある。それはどんなときだ？」

「敬礼する暇のないときです」

笠原の言葉には、わずかに関西の訛りがあった。

「敬礼する暇のないときとは、例えばどんなときだ」

「犯人を追いかけているようなときです」

「正解だ。たまたま上官に出会ったからといって、敬礼していたのでは犯人を取り逃がすことにもなりかねないからな。あとはどんな場合だ？」

「張り込みをしているときもですね」

「そのとおり。——さて、もう一度この車に注目してくれ。駐車苦情の一一〇番通報により、現場臨場して照会を行なった結果、これが盗難車両だったと判明した。そういう場合を想定してみよう」

風間は車に近寄った。

「犯人検挙のためには、現場付近で張り込みを行なうのが一つの手だ。そのようなとき、場合によっては盗難車両に逃走防止の措置を施しておく。普通はエンジンがかからないようにするわけだが、その簡単な方法を知っているか」

居並んだ学生の一人が手を挙げた。

「ガソリンタンクに角砂糖を入れる、というやり方を聞いたことがあります」

「タンクのカバーをどうやって開ける」

風間が問い詰めると、その学生は口をつぐんだ。

次に挙手したのは笠原だった。

「タオルとガムテープがあれば、エンジンがかからないようにできると思います」

「ほう。ではそれも実演してみてくれ」

タオルとガムテープは車庫の棚に準備してあった。

笠原は、水で濡らしたタオルをマフラーの排気口から押し込み、ガムテープを十文字に貼った。

さらに四重、五重にテープを巻いて密閉状態にする。

そういう一連の作業を、彼はかなり慎重な手つきで行なった。

「よく知っていたな。これも正解だ。嘘のようだが、これは実際、刑事講習の教科書に載っている方法だ。きみたちの車にそのような措置が施されていたら、警察官が近くにいるということを意味する。身に覚えのある者は気をつけるように」

風間の言葉に学生が笑い、授業が終わった。

尾凪は近くにいた学生の肩を叩(たた)いた。ひょろ長い体形をしたその男は清野允通(せいのまさみち)だった。

「いまの実演を、ちゃんと撮ってたか？」

清野のように写真クラブに所属している学生は、卒業アルバムの制作に備え、授業中に撮影機材を携帯することが許可されている。現に清野はいま、肩から一眼レフのデジタルカメラを下げていた。

「ええ。面白そうでしたので、静止画でなく動画で記録しておきました」

「ありがたい。ちょっとカメラを貸してくれ」

尾凪は一眼レフを受け取ると、その場で清野の撮影した映像をモニターに再生させ、食い入るように見入った。いま目にした光景の中に、どうしても引っ掛かることがあり、それを確かめないではいられなかったのだ。

2

トンボを使って手早くグラウンドの地均(じなら)しを済ませたあと、笠原は厚生棟へ向かった。

その道すがら、左手に嵌めたままのグラブに右拳を軽く打ちつける。

パシン、と気持ちのいい乾いた音がした。

今日のクラブ活動ではセカンドを守ったが、エラーは一つもなかった。グラブの形が手によく馴染んできた証拠だ。

最初にキャッチャーを務めた先月の紅白試合では、五度もボールを後逸してしまい、ずいぶん悔しい思いをしたものだ。

「捕球がうまくなるコツを教えていただけますか」

クラブ活動が終わったあと、指導にあたっていた助教の尾凪に、そう訊かないではいられなかった。

高校時代の尾凪は、甲子園を目指す球児だったという。関西地方にも名前が知れ渡っている強豪校で、補欠ながらキャッチャーをしていたらしい。

「コツならいろいろあるが」

尾凪は手を伸ばしてきた。ミットを貸せ、と言っているようだった。

「一番手っ取り早くできるのは、グラブやミットの形を手に覚え込ませることだ。高校時代のおれは、毎晩寝るとき嵌めたままにしていた」

尾凪に渡したミットは学校の備品に過ぎないのだが、それをさする手つきには愛(いと)おしさが込められていた。警察官になってからはユニホームに袖を通したことは一度もないと言っているが、野球に対する情熱は少しも失っていないようだった。

尾凪のアドバイスを受けて以来、学校備品の用具を使うのはやめた。代わりに自前でグラブを購入し、尾凪の了解を得て学校に持ち込み、それを使って参加するようにした。

寮内の部屋に一人でいるときには、ことあるごとに左手に嵌め、ときには尾凪に教えられたとおり寝床でも同じようにすることで、グラブとミットの形を手に覚え込ませることに努めてきた。

その成果が、今日の紅白試合でついに出たようだ。

鼻歌を歌いながら笠原は厚生棟に入った。

これから清掃作業が待っているが、その前に自販機で飲み物を買って一息つくのがいつもの行動パターンだ。

「よっ、お疲れさん」

ジャージのポケットに忍ばせていた小銭を探りながら自販機の方へ歩いていくと、誰かに声をかけられた。食堂へ向かう学生たちで厚生棟の廊下はごった返しているが、喧騒の中でも、その言葉が自分にかけられたものだと分かった。

声がした方を見やる。飲料水の自販機を背にして二人の学生が立っていた。

上背はあるがひょろりと痩せている方が清野。

短軀で胴回りの太い方は吉中だ。

この二人は気が合うらしく、こうして一緒にいるところをよく見かける。どちらも同じ風間教場の学生で、そろって子供っぽいところがあるが、根は悪くないやつらだ。

「ジュースを飲まないか？　ご馳走するけど？」

手招きしながら清野がそう言った。手にはすでに硬貨を準備しているようだ。

「自分で買うって、飲み物ぐらい」

「遠慮しなくてもいいんだよ。今朝、車庫で風間教官の授業をやっただろ。そのとき、きみがいろいろ実演してくれたおかげで、動きのあるいい写真や動画が撮れたんだ。卒アル制作の担当者として、そのお礼がしたくてさ。動画も何かに使えそうだし」

「そういうことならご馳走になろうかな」

「じゃあ、選んでくれ」

そう言いながら清野がさっさと自販機に硬貨を入れていく。

甘い炭酸飲料を飲みたい気分だったが、この販売機で買えるのはスポーツドリンクと缶コーヒーだけだ。どれも価格は百二十円に設定されている。

清野の手で投入された硬貨がその金額に達したらしく、自販機がピッと音を立てる。

「炭焼き」が売り文句の缶コーヒー。そのボタンを笠原は押した。

清野は、落ちてきた缶を拾い上げ、プルタブを引っ張り上げてからこっちに手渡してきた。

「ありがと」

左手はグラブを嵌めたままにし、右手で受け取って口につけた。

缶を傾けたが、ちょっと飲んだところで口から離し、

「どうかした?」

そう清野と吉中に訊いた。

いま一口飲んだとき、二人が顔を見合わせ、目配せをし合ったように感じたからだ。

しかも清野の方は、片手を小さく握りしめ、まるでガッツポーズのような仕草をしていた。それに対し、吉中が見せた反応がまた変わっていた。わずかに顔をしかめて悔しそうな素振りを見せたのだが、表情の端ではどこか楽しんでいるふうでもあったのだ。

何かのイタズラでも仕掛けられたか。例えばコーヒーの中に塩でも入れられた、などといった

ような……。

しかし一口飲んだかぎりでは味に異常はないし、そもそも自販機から落ちてきたところをすぐに受け取ったのだから、妙なものを混入するなど誰にも不可能だ。

「いや別に。何でもないんだ。残りも遠慮なく飲んでくれ」

清野と吉中は、じゃあ、と手を上げて去っていった。

もう一度、缶の中身をちびりと口に含んでみたが、やはり味に問題はないようだった。残りを一気に飲み干し、缶を屑籠に捨ててから寮の部屋へ戻った。

これから清掃作業が待っている。今週と来週は、術科棟の入り口付近を担当することになっていた。班長だから遅れるわけにはいかない。

グラブに手入れ用のクリームを塗り、クローゼットにしまってから、急いで部屋を出る。寮にいるときでも「三歩以上の移動は駆け足」だ。廊下を小走りに南へ向かい、エントランスホールへと出ていく。

再び清野と吉中の姿を認めたのは、そのときだった。

二人はこちらに背を向けている。その正面には尾凪が立っていた。まずいところに出くわした。

直感的にそう思ったのは、助教の表情が明らかに怒気を孕んでいたからだ。かなり機嫌を損ねていることは、分厚い胸板の前で組まれた太い腕の様子からも窺い知れる。

「笠原」尾凪は静かに言った。「おまえを待っていた」

「すみません、これから掃除があるので急いでいるんですが」

「今日は免除してやる。その代わり、ちょっと付き合え」

「……分かりました」

その返事をする前に、一つ生唾を飲み込んだ。清野と吉中の縮み上がった様子から、この二人が何かの規則違反をし、そこを尾凪に見つかったことは間違いなさそうだ。

「あの、どこへ行くおつもりでしょうか」

「風間教官のところへだ」

どんと胸が一つ高鳴った。

おれは何もやっていない。そう分かっていながら、寮を出て本館の教官室へ入ったときには、膝からほとんど力が抜けかけていた。

風間は自分の机についていた。助教と学生、四人分の気配と足音をすぐ前に察知しているはずだが、いっこうに書類から目を上げようとしない。

「お忙しいところ申し訳ありません」

机の前で尾凪が背筋を伸ばしても、風間は顔を下に向け続けていた。

「ご報告があります」

「どうした」

やはり書類に目を落としたままの返事だ。

「先ほど厚生棟で、清野が吉中から現金を受け取っている現場を偶然目にしました。その金は何だと訊(たず)ねましたが、両人からはっきりとした答えが得られず、さらに追及したところ――」

ここで尾凪は言葉を切り、ぎろりと清野を睨(にら)みつけた。

「あとはおまえの口から説明しろ」

「……はい。実は」上擦った声で返事をし、清野も姿勢を正した。「吉中くんと賭けをしました」

清野が言い終えるや否や、

「どんな賭けだ」

ほとんどノータイムで質問を被せてきた風間は、まだ机から顔を上げない。

「つまらない賭けです。笠原くんに自販機の飲み物を奢って、そのとき彼がスポーツドリンクとコーヒーのうちどちらを選ぶか当てる、というものでした」

「たしかに他愛ないな。——それで清野、どっちがどっちに賭けたんだ」

「わたしがコーヒーの方へ、吉中巡査がスポーツドリンクの方へ賭けました」

「では笠原」風間はそれまで読んでいた書類を捲り、次の一枚に目を通し始めた。「きみはどっちのボタンを押した」

「コーヒーの方です」

「清野と吉中が賭けをしていたことに、きみは気づいたのか」

「はい。何となくですが。わたしがコーヒーを一口飲んだとき、清野くんがガッツポーズをするように拳を握ったのが分かりましたので」

あの仕草には、賭けに勝ったぞという意味があったわけだ。

このとき、風間が眉毛の辺りをぴくりと動かしたような気がした。

「分かった。それで清野、きみは吉中からいくら受け取った」

「千円です」

「たとえ少額でもっ」尾凪が強い口調で割り込んできた。「賭けごとは校則で禁止されています。

そもそも厳密に言えば犯罪ですし」

「たしかに。清野、吉中。君たちの行為は刑法第一八五条、賭博罪の規定に抵触している」

「そうですよ。教官、二人にペナルティを科してください」

「分かった。——笠原」

ここでようやく風間は書類から顔を上げ、こちらに視線を当ててきた。

「この一件で一番迷惑したのはきみだろう。言ってみれば、賭けの道具に使われたわけだからな。二人に科すペナルティの内容はきみが決めろ」

「生意気を言うようですが」笠原は戸惑いつつ、言葉を選ぶことに努めた。「この程度の賭けは仲間うちの遊びに過ぎないと思います。ですので、大目に見てやってはいかがでしょうか」

「甘いんだよ！」

耳元で聞いた尾凪の怒鳴り声は、鼓膜を震わせたあとキーンと余韻を残すほどだった。

「笠原、規律ってのはな、こういうちょっとしたことから綻びがどんどんデカくなっていくものなんだ。おまえができないなら、代わりにおれが量刑（りょうけい）を決める」

量刑。そんな重い言葉が口をついて出るくらいだから、尾凪の憤りぶりは相当なものらしい。

「かまいませんよね、教官」

「いいだろう。助教、きみに任せる」

尾凪が清野と吉中を連れて部屋の外へ出ていくと、笠原は風間と二人だけになった。

気詰まりだ。もう用はないはずだが、風間は「下がれ」とは言ってくれない。しかも机に肘をつき、組んだ指の向こう側からじっと視線を合わせてくるからたまらない。

「あの、もう退出してよろしいでしょうか」

「そう急ぐな。せっかくの機会だ、わたしに一分間だけの簡単な講義をさせてくれないか」

風間にそんなことを言われては、

「……光栄です。お願いします」

頭を下げて姿勢を正すしかなかった。

「まずちょっと訊くが、共犯者のことを刑事の隠語で何というか知っているか」

「レツ、でしょうか」

〝連れ〟を逆さまにしたジャーゴンだ。

「そうだ。ではもう一つ訊こう。事件の被疑者が一人の場合と、レツがいる場合では、取り調べはどっちがラクだ。もちろん場合にもよるから、一般的に、という意味で考えてほしい」

「それは……単独の場合ではないでしょうか」

共犯事件は、被疑者の人数が多い分、取り調べにも手間を取るに違いない。

「そう思うだろうが、実際は逆だ。事件というものは、共犯者がいると調べもラクになる。被疑者は一人ひとり別の部屋で調べを受けるため、互いに相手がどれだけの内容を刑事に喋ったのかが分からない。そこを刑事は利用する。ちょっとでも被疑者がとぼけたと思ったら、『あんたのレツは、そんなことを言っていないが』とやるわけだ。そうすればだいたい調べはスムーズに進む」

「覚えておきます」

「では、行っていいぞ」

「失礼します」

教官室から出たとたんに、どっと押し寄せてきた疲れのせいで、たまらず壁に手をついていた。

たかだか千円札一枚程度の賭けで、なぜ尾凪があれほど怒っていたのか。頭の中には疑問符が浮かんでいる状態だが、いまはあれこれ考えるよりも、まずはとにかくベッドで横になりたかった。

3

尾凪は教壇から教場全体を見渡した。

背筋が伸び切っていない者が何名かいる。水曜日の四時限目。一週間のうちで学生たちに疲れの色が見え始めるのが、だいたいこの辺りからだ。

「すでに予告してあるとおり、本日のホームルームでは『わたしが警察官を志望した理由』のテーマで若干名にスピーチをしてもらう。こっちから指名するが、念のために訊いておこう。わたしがやりますという志願者はいるか」

教場全体を見渡したあと、尾凪はそれと分からないように清野に目配せをした。

清野が小さく頷き、手を挙げる。

「おお、いたか。奇特なやつだ。——教官、まずは清野に任せてよろしいですね」

司会進行役の尾凪は、教壇の脇に控えている風間に向かって伺いを立てた。

「いいだろう」

「よし。じゃあトップバッターはおまえだ。始めろ」

尾凪が退くと、代わって教壇には清野が立った。

「多くの例に漏れず、我が家も父親が警察官で、わたしはその背中を追いかけて、この道を志した次第です」

清野は早口でそれだけを言い終えるや、さっさと教壇から降りようとした。だが、はたと足を止め、すぐにまた教卓の前に戻った。

「みなさんが勘違いしているかもしれませんので、ちょっと補足しておきます。わたしは父に憧れたわけではありません。その反対です。わたしの目から見たかぎり、父は仕事をサボることに情熱を傾けていたダメ警察官でした。いわゆる〝ゴンゾウ〟と呼ばれる類の人物です。税金泥棒以外の何者でもありませんでしたので、去年退職したのは県民のみなさんにとってたいへん喜ばしいことでした。要するにわたしは懸命に働いて、父が盗んだ分のお金を納税者の方々にお返ししなければと考え、この道に進んだのです」

一部で笑い声が起きたが、大半の学生は、この話が本当かどうか判断できずに困惑している様子だ。

「清野、ご苦労だった」

教壇の脇に退いたままの位置で風間が口を開いた。

「いま清野が言ったように、ダメ警官を通称ゴンゾウと呼ぶ。そうでなければ〝ゴンスケ〟だ。わたしがきみたちぐらい若かったころは、ゴンスケの方が主流だった。多くのゴンゾウは本当に無能であるためにそうなるわけだが、なかには能力や経験があるのにあえて働かない警察官もいる。清野、きみの父親がせめて後者であったことを祈ろう」

今度はどの学生も屈託なく笑った。

「有能な人間がおかしな方向へ捻じ曲がってしまう。そうした悲劇はどんな組織でも多かれ少なかれあることだが、警察はとりわけ多い場所だというのがわたしの実感だ」

笑いがさざ波のように引いていく。

「きみたちが自分の能力を真っ直ぐに伸ばせるよう、切に願っている」

「ありがとうございました」尾凪が場を継いだ。「では次のバッターに登場してもらおうか。ほかに志願者はいるか」

また手を挙げた者がいた。吉中だ。

「ぼくは性格がドMですので、危険、汚い、きつい、暗い、規則だらけ、の5K職場である警察を選びました」

内容は明らかに冗談めいているが、壇上でそう語った吉中の表情は真剣だ。ほかの学生たちは、清野の場合同様、どんな顔をして話を聞けばいいのか分からないでいる。

「短いですが、以上です」

言い終えると、これでいいですよね——そんな視線を吉中はさりげなく送ってきた。尾凪はわずかに顎を引くことで、OKの意を伝えてやった。

先週、金曜日の夕方、賭けごとのペナルティとして、清野と吉中にはバーピージャンプのような重い負荷のかかるエクササイズを二百回ぐらいやらせようかと思った。その考えを改めたのは、二人をグラウンドに連れ出したあとだった。

ただ肉体的な苦痛を与えたところで、誰の得にもならない。それよりも、ホームルームの授業を盛り上げるために一役買わせた方がずっとましだ。そこでスピーチに志願させることにしたのだ。

ただし「かつて警察官に助けられたから」や「刑事ドラマが大好きで」といったありきたりな志望理由は言うな、と命じた。スピーチは「自由に」していい決まりだ。掲示板に張り出した書類にはそう書いてある。あれは風間の了承を得たうえで作成した文書だ。その三文字の言質を取り、清野と吉中には「作り話でもいいから、何か毛色の変わったことを言え」と指示した。

風間がどう反応するかを見てみたかったからだ。

「ご苦労」風間が言った。「吉中のように特殊な嗜好の持ち主なら、ここは天国だろう」

また笑いが起きた。

「しかし、そうでない者が3K、5K職場で無理に働くとどうなる?」

最前列に座った学生が答えた。「ストレスで体がやられます」

「そう。もしきみたちが在職中に病死したとしよう。その場合、基本的には何の補償もなしだ。残された遺族の身になれば気の毒な話だが、死因が労働環境の悪さにあったとしても、それを証明するのは困難だからな。これに対して――」

風間は窓の方を向き、そこから見える中庭へと目をやった。

「例えば交通整理の最中に車に撥ねられる、もしくは犯人を捕まえようとして逆に刺されるなどして死亡した場合はどうか。そうした公務中の事故なら、当県警の場合は四千七百万円ほどが遺族に支払われる。そのほかにもいろいろと手当が付与され、おそらく総支給額は五千万円を超えるだろう。どっちの死に方がいいかは一目瞭然だな」

　また笑いがすっと引いていく。

　尾凪は風間を横目で見やった。教官一年目にしてはこの男、学生たちの関心を惹きつけるのが上手過ぎる。教え子全員の心理をまとめて手玉に取っているといった感じだ。自分がこれだけの技術を身につけるまで、どれぐらいの期間を要するだろうか。

「つまり、わたしが言いたいのは、無駄死にはするなよ、ということだ。いいな」

　続けてくれ。そんな風間の目配せを受け、尾凪はほかの志願者を募ったが、もう誰も手を挙げようとはしなかった。

「じゃあこっちから当てていくぞ。——風間教官、指名をお願いします」

「では笠原、きみに頼もう」

「はい」

　話す練習はきっちりしてきたらしい。笠原が登壇する足取りに慌てた様子は微塵もなかった。

「わたしは大阪の出身です。両親は町工場を営んでいます。わたしも大学生になったころから、暇を見つけては親の仕事を手伝っていました。警察官の採用試験に合格したあと、この学校へ入る直前まで、大学の授業がないときには、作業着姿で旋盤やプレス機の前に立っていました」

　尾凪は笠原の手を見やった。年齢のわりに節くれだった指は、なるほど働き者のそれという感じがする。

「実はこの仕事には、とても困ったことが一つありました。町工場の立ち並ぶ一帯を縄張りにしている暴力団が不当にみかじめ料を要求してくるのです。支払いを断ると、工場の周囲に大量のゴミを捨てられたり、小火騒ぎを起こされたりといった被害を受けました」

学生たちが少しざわついた。

「もちろん警察に相談しましたが、その暴力団は悪知恵の働く連中で、どんな嫌がらせをしても、自分たちの犯行だという証拠をまったく残さないのです。そのため地元署もなかなか手を出せない状態でした。そこでわたしは、両親のようにつらい思いをする人が一人でも増えないように、との思いから警察官を目指したのです。将来はぜひとも暴力団対策の仕事をしたいと希望しています」

笠原の真剣な話しぶりが誰の心にも響いたらしい、学生たちの中から自然に拍手が起きる。

「ありがとう」

風間が登壇した。笠原は自席に戻ろうとしたが、そのままでいろと目で制し、風間は笠原の隣に立った。

「反社会的勢力の人間は、巧みに一般市民の中へ紛れ込んでいる。そこで外見から連中を見分けるポイントを教えておこう。暴力団という言葉どおり、連中はよく殴る蹴るの傷害行為をやらかすものだ。喧嘩の回数を自慢する者も多い。よく顔に指で線を引くことで〝ヤクザ〟を意味するが、あれは単なる誇張ではない」

風間は笠原の顔を指さした。

「眉から目蓋のあたりに傷痕や縫合痕が目立つ者には要注意だ。格闘技やボクシングの試合を見れば分かるとおり、人間の皮膚の中では、ここが最も切れやすい場所だからな。それから鼻が真っ直ぐでない者も反社勢力によく見受けられる」

次に風間は笠原の左手を取った。

「顔の次にチェックするべき部位は手——特に指だ。よく暴力沙汰を起こす者の手には、相手の歯が刺さるなどして細かい傷痕があることが多い。また、拳を骨折した影響で指の背中が窪んでいたり、不自然に曲がっている場合も少なくない。それよりも何よりも、最も分かりやすい特徴は——」

風間は、笠原の左手を高く掲げた。そうして甲を学生たちの方へ向けたあと、小指だけを手の平側へ丸め込む。

「このように指が欠損している者だ。いわゆる〝エンコ詰め〟という行為も最近は流行らないようだが、これが反社勢力を識別する大きな目印になることはいまでも変わりがない。つまり職質をかけるときの大事な着眼ポイントになるということだ」

戻っていいぞ。口で言う代わりに、風間は軽く笠原の肩を叩いた。

その後、三人ほどの学生がスピーチを行ない、授業が終わった。

学生たちが次の教場へ移動していくなか、尾凪はそっと笠原を摑まえ、耳元で囁くように言った。

「途中で諦めるなよ。この先何があっても、必ずマル暴刑事になってみせろ」

いきなり励まされて驚いたのか、笠原は目を何度も瞬かせる。

「いいな。おれとの約束だ」

「……分かりました」

「だったら」

尾凪は右手の小指を出した。意味が分からないのか、笠原はさらに戸惑っている。

「ほれ、指切りをしようじゃないか」

「そんなのやめてくださいって。男同士で気持ち悪いですよ」

本気で困った顔をし、笠原は背を向けて逃げた。

尾凪は追いかけた。

「おい、先輩に恥をかかせるな。気持ち悪いなんてことあるか」

笠原は振り返り、「分かりました。そこまでおっしゃるなら」と手を出してきた。左手だった。

尾凪は、笠原に合わせて左手の小指で指切りをした。

教官室へ戻ると風間に言われた。「悪くないアイデアだったぞ」

「ありがとうございます」

警察官を志望した動機を喋らせ、その内容に関して風間からコメントをもらう——これは尾凪が考えた企画だった。

「拍手が特に多かったのは笠原の話だったな。きみの目から見て、彼はマル暴刑事になれると思うか」

「ええ。少なくとも向いているはずです」

「ほう。なぜそう思う」

「けっこう豪胆な性格のようですから」

先日の朝、ジャンケンで笠原がパーを続けて三回出した話を風間に伝えた。

「それはどっちの手で出した」

予想外の質問を受け、尾凪はしばし懸命に記憶を探らなければならなかった。たしかあのとき笠原に車のキーを放り投げてやった。彼はそれを左手で受け取ったため、そっちの手はふさがっていたはずだ……。

「右手でした」

「そうか。三回連続で同じ手とは、なるほど度胸はありそうだ。マル暴刑事として見どころありと踏んだから、きみは指切りをしたわけか」

「ご覧になっていたんですか」

あの場には自分と笠原しかいないと思ったのだが。照れながらも、風間の抜け目なさを不気味に思う。

「照れることはない。あれは野球部時代の癖だろう。きみがいたころの監督は、選手たちとよく指切りをすることで、高校野球好きの間では有名だった人物だ」

そこまで調べていたか。やはり油断のならない男だ。

「お訊きしますが、教官こそ、今日はどうして笠原を指名したんですか」

「彼に関して、気になっている点があってな」

「どんなことでしょうか」

「先週やった車庫での授業を思い出してほしい。笠原がガムテープを使っただろう。あのときに限って、いつも動作の素早い笠原がやけに慎重な手つきになった。きみはそれに気づいたか」

「ええ」

まさにその点に引っ掛かりを覚えたからこそ、授業終了後に清野からカメラを借り、笠原を撮影した動画に目を通してみたのだ。

「あの変化が、わたしにはどうも腑に落ちなくてな」

「ガムテープが自分の手につくのを嫌っている。そんなふうに見える動作でしたね」

「ああ」

風間は刑事畑を歩いてきたせいだろうが、学生が少しでも不審な動きを見せると徹底的に調べずにはいられないのだ。彼がそういう性分であることは、まだ短いつき合いだがすでに十分承知していた。

「そこで彼の話しぶりから、あるいは志望動機から何か分かるかもしれないと思ったわけだ」

「それで、お分かりになったことはありましたか」

「いや」風間は首を振った。「ちょっと喋らせた程度では、これといった手掛かりは摑めないようだ」

「ではどうします?」

「そうだな。口よりも体を動かしてもらおうか。今夕にでも」

4

笠原は反射的に両肩をびくりとさせた。

夕食も終わって自由時間が始まろうというころ、寮内に突然、

「全員外に出ろ!」

尾凪の怒声が響き渡ったせいだ。

その五分後には、風間教場の学生が全員グラウンドに整列させられていた。

「さっき見回りをしたら、術科棟の入り口にコーヒーの空き缶が転がっていた。たるんでるぞ。というわけで、いまから連帯責任で全員バーピー二百回！」

ええ、という溜め息が方々から聞こえてきた。

「その前に訊く。術科棟の掃除当番はどの班だ」

笠原は手を挙げた。自分を含め、男女合わせて五人の学生が同じ動作をする。

「班長はどいつだ」

自分を除く四人が手を下ろした。

「そうか。じゃあおまえ、こっちに来てペースメーカーを務めろ」

笠原は前に出て全員の方へ向き直ると、腕立て伏せのように地面に胸をつけた姿勢をとった。そこから両足を揃えて立ち上がり、軽くジャンプをしつつ、「一」の声とともに頭上で両手を叩く。

バーピージャンプは、基本動作としてはシンプルだ。実際、数回だけなら疲れは感じない。だが、この動作をすばやく何度も繰り返してみると、かなりの負荷がかかる全身運動であることが分かる。すぐに息が上がってくるのだ。二百回は相当きつい。

「てめえらも、ちゃんと声だしてやれ！」

尾凪の怒鳴り声に耐えていると、気づかないうちに風間が笠原のそばに立っていた。

尾凪の口調には、どこか〝言わせられている〟ような感じがある。おそらく、こうして全員をグラウンドに集合させバーピーをするように命じたのは風間だろう。空き缶が落ちていた云々(うんぬん)は単なる口実に違いない。

　風間は、こちらの全身を刺すような視線で見つめながら言った。

「きみは関西の出身だったな」

「はい」

「どうして関東にあるこの県警を選んだ」

「わたしは、暴力団対策の、仕事を、したいと、思っています」

　バーピージャンプの回数を声に出しながらの返事だから、言葉は途切れ途切れにならざるをえない。

「それはもう承知している」

「例えば中学校時代の友だちが地元で、暴力団組員にでもなっていれば、業務の障害になります。教官にこう申し上げたら釈迦に説法ですが、つまり出身地の都道府県で警察官になってしまうと、逮捕しようと思った暴力団員が、自分や上司の知り合いだったことが分かり、検挙に二の足を踏んでしまう、ということが起きるわけです」

　それだけのことを伝えるのに二分近くを要した。風間に話しかけられても、バーピーを止(や)めていいとの許しは出ていない。

「なるほど。だから存分にこの仕事をしたければ、出身地とは違うところを選んだほうが賢明というわけだな」

「おっしゃる、とおりです」

風間は黙って離れていった。

五十回を過ぎるころには、ほぼ全員の顔から笑顔が消えていた。笠原自身もすでに限界を感じ始めている。

「五十五……五十六……五十七……五」

それまでどうにか回数を口にしていた自分の声が、ふいに止まった。

地面に胸をつけた姿勢から次の動作に移ろうとしたとき、右手に力が入らずに、立ち上がり損ねたせいだ。

次の瞬間には、右側にころりと体が横転してしまっていた。

「こらあっ」

尾凪がこちらを振り返った。

「もう限界か。甘えんじゃねえぞ、まだまだやれんだろ」

眉根を寄せながら助教はすぐそばまで詰め寄ってきた。

「大袈裟（おおげさ）に転んでサボろうって魂胆だろうが、そんなズルが通用すると思ってんの——」

尾凪は言葉を切った。視線は地面に向いている。

そこに何かを見つけたらしく、軽く腰を折って目を凝らす。

笠原も、地面に寝転がった状態でそれを目で捉えた。思ったとおり、いま自分がうっかり落としてしまった物体だった。

尾凪は顔を上げた。そして何事もなかったかのように、笠原の目を見据えてきた。

笠原は固唾を呑（の）んで尾凪の口元を凝視した。

だが尾凪は何も言わずにこちらから目を逸らし、代わりに全員の方を振り返って声を張り上げた。

「ようし、おまえら。同じ方向ばかりじゃ飽きるだろ。バーピーを続けたまま日の丸の方を見ろ」

全員が一斉に国旗掲揚台の方へ体の向きを変えた。そのため今度は、笠原が一人、皆の最後尾に位置する形になった。

尾凪は、近くにいた清野の背後に近寄り、彼の耳元で言った。

「次は清野、おまえがペースメーカーをやれ。でかい声を出していけよ」

「はい！」

ひょろ長い体を精一杯高くジャンプさせつつ、清野が「五十八！……五十九！……」とペースを取り始める。

尾凪は、あとは何も言わずにその場から離れていった。

笠原は立ち上がりざま、いま落としたものをそれとなく拾い上げ、自らもバーピーの動作に戻った。

5

翌日の空き時間に、尾凪は風間に報告した。

「笠原ですが、何もおかしな点はないようです」

普段は動作の素早い笠原が、ガムテープを使ったときだけ、やけに慎重な手つきになった。それはなぜか。

体のどこかを庇(かば)っているためではないのか——そう風間は踏んでいるようだった。

そこでバーピージャンプをやらせた。全身を使った激しい運動を観察することで、笠原の動作に感じた異変の正体を摑もうとしたようだ。

「申し上げにくいのですが、教官は思い過ごしをされているのではないでしょうか」

「ほう。では訊くが、なぜ笠原は指を変えた」

「……何のお話でしょうか?」

「きみが彼と指切りをしたときのことを思い出してみろ。きみは右手を出したが、彼は左手で応じてきただろう」

言われてみれば、そうだったような気がする。

「あの行為にはどんな意味がある?」

答えられない。

「こうなると」風間の目が光ったような気がした。「さらに笠原を調べる必要がありそうだな」

——しつこいようですが、もう放っておいてはいかがでしょうか。別に悪い行ないをしているわけでもないですし。

よほどそう進言しようかと思ったが、刑事魂に火の点(つ)いたらしい風間を止められるほどの自信が、いまの自分にはなかった。

「その前に、あと一人分聞いておきたいと思う」

この言葉も、意味がすぐには分からなかった。

「あの、いったい何をお聞きになりたいのでしょうか」

「『わたしが警察官を志した理由』をだよ」

「承知しました。今度は何日のホームルームに設定しますか」

「いまだ」

「と言いますと？」

「学生ではない。きみだよ、助教。きみが警察官を志した理由を、いまここでわたしに語ってもらえないか」

「……分かりました」

　尾凪は唇を軽く湿らせ、背筋を伸ばした。

「昨日（さくじつ）、笠原が『暴力団と闘う』ためと言いましたね」

「ああ」

「実は、わたしも同じです」

「ほう」

　初めて聞くようなふりをしているが、風間はこっちの志望動機など、とっくに把握しているに違いない。

「ご存じのとおり、わたしが出た高校は甲子園の常連校でした。ドラフトでプロ野球に行った先輩、後輩が多くいます。同級生でピッチャーをやっていたやつもそうです。わたしとバッテリーを組んでいた相手です。ただ、わたしは補欠でしたから、バッテリーとは言ってもブルペンキャッチャーとして、という意味ですが。その彼も下位とはいえ、ドラフトで指名され、プロに入団しました」

「素晴らしいことだ。続けてくれ」

「ご存じのとおり、プロ野球にも暴力団が絡んできます」

「歴史的に、芸能やスポーツの興行は、だいたいその手の連中が取り仕切っていたからな」

「ええ。その名残で、いまでもプロ野球選手はときどきやつらの食い物にされます。そいつも野球賭博で八百長を強要され、選手生命を絶たれました」

「それで分かった。きみが清野と吉中をああまできつく叱責したのは、賭博という行為を深く嫌悪していたからだな」

「はい」

「それに、いまの話できみが笠原と指切りまでした本当の理由も理解できたよ。きみにとって笠原は単に見どころのある学生に留まらず、目的を同じにする同志とさえ言える存在だから、というわけだ」

「おっしゃるとおりです」

「ところで、特別授業を実施しようかと考えている。今日の放課後、柔道場に呼び出してくれないか」

「誰をでしょうか」

「もちろん笠原をだ」

「分かりました」

「それと、あと一人いる」

風間はじっと無言でこちらの目を見つめてきた。

6

【第九十四期初任科短期課程　風間教場の学生へ
五月二十八日（金）二時限、水泳の授業ではカヤックの操縦実習を行なう。術科担当の学生は担当講師と相談のうえ、準備をしておくこと】

寮の掲示板に張られた書類にざっと目を通してから、笠原は清野を探した。

彼の姿は自習室にあった。

「この前はすまなかったね」

目が合うと、こちらが口を開く前に、清野が先にそう言った。

「いいんだ。――ところで清野くん、術科担当だよな」

「そうだけど」

「明日のプールの授業ではカヤックの実習をするらしいね。でも、そんなものがこの学校にあるのか？」

「ぼくも知らなかったけど、プール横の倉庫にちゃんと準備してあるんだよ、五艘も。もちろん安いやつだけどね。空気を入れて膨らませて使うタイプのさ」

「へえ。まだ準備をしなくてもいいのか」

「明日の朝、早く起きてやっておけば十分じゃないかな」

「それじゃあ呑気(のんき)すぎないか？　ほかに突発的な用事ができたら授業に間に合わなくなるだろ。空気を入れるのだってかなり時間を食うぞ。いまのうちにやった方がいいって。手伝うよ」

「でも、あんまり早くからそんなことしたら、嵩張(かさば)って置き場所に困るだろ」

「いや、あの倉庫は広さに余裕があるから大丈夫だ。五艘とも膨らませた状態にして立てかけておけば、あとはそれをプールに運ぶだけでいい。今夜は安心してぐっすり眠れるぞ」

それもそうかなという顔になった清野を引き連れ、笠原はプール横の倉庫へ向かった。

棚には、一見するとナップザックのような四角形の入れ物が、五つ並んでいた。その一つを清野が軽く叩いた。

「ほら、これがカヤックだよ。この中に折り畳まれて入っているんだ」

四角いパックの横にはポケットがついている。開けてみると、アルミ製らしき棒が何本か収納されていた。たぶんパドルだろう。こればかりは空気式というわけにはいかず、こんなふうに分割された形で付属しているらしい。

それからしばらくはカヤックを膨らませる作業に没頭した。

四艘目を完成させたころには、倉庫に入ってからすでに三十分ほどが経過していた。

「警察学校の教官は、たいてい助教の経験者だよね」

五艘目に取り掛かる前に、そんな話を清野に切り出してみた。

「じゃないかな、普通は」

「だったら、ついこの前まで刑事だった人がいきなり教官になるってのは、かなり異例ってわけだ」

「うん」五艘目のパックを棚から取り出しつつ、清野は頷いた。「考えてみると、ぼくたちはかなり運がいいのかもしれないね。そういう格の違う人に教えてもらえるんだから」

「同感だ。——風間教官は刑事としての腕前も桁外れだったんだろ?」

「そう聞いてる。刑事指導官ていったかな、何か特別な役職に就いていたらしいよ」

「じゃあ清野くん、きみの度胸も別格ってわけだ」

パックを胸の前で抱いたまま、清野はぴたりと動きを止めた。

「……どういう意味、それ?」

「だってそうだろ。元刑事指導官の前で堂々と嘘をつくんだから相当なもんだよ」

「待ってくれよ」清野は探るような目つきになった。「いったい何の話かな」

「清野くんが吉中とやった賭けのことだよ。スポドリとコーヒー、そのどっちをおれが選ぶかで賭けをした。風間教官の前でそう証言したよな」

清野は上目遣いで頷いた。

「全部が嘘だと言っているわけじゃないんだ。たしかに『吉中と賭けをして勝った』という部分だけなら本当だと思う。あのとき、きみと吉中は目配せし合って、勝ったきみがガッツポーズをしていたからね。だけど、そのタイミングがおかしい」

大きく見開かれた清野の目が先を続けろと言っている。

「清野くんの証言に従うなら、おれがコーヒーのボタンを押した瞬間に拳を握らなきゃ変だろ。その時点で、きみの勝ちは確定しているんだから。だけど、実際にきみがそうしたのは、おれがあのコーヒーを一口飲んでからだった」

「いや、それは笠原くんの勘違いだよ」

「本当に？　変だな。レツの吉中はその点を認めてるけど？」

風間に伝授された手を使ってみる。あのとき風間がこの取り調べ法を教えてきたのは、清野と吉中をもっと調べてみろという暗黙のメッセージだったに違いない。

「……分かった。全部白状する」

教えられたやり方が予想を超えて効果的だったことに、拍子抜けする思いがした。

「実を言うと、本当は別の賭けをしていたんだ。もっと他愛もない賭けをね」

ふっきれたか、からっとした口調で清野はそう言ったあと、胸の前に抱えていたカヤックのパックを床に置いた。横のポケットを開け、そこからパドルのパーツを一本抜き取る。そして長さ三十センチほどのそれを、こちらに差し出してきた。

「これを持ってもらえるかな。コーヒーの缶だと思って。ただし右手でね」

清野の真意が不明だったが、とりあえず言われたとおりにしてみる。

「ほら」

清野は小さく笑ってそう言った。

「ほらって、何が？」

「気づかないか。自分の手を見てみなよ。小指が立っているだろ」

笠原はパドルを握った手に目をやった。清野の言葉に間違いはなく、パドルを握った指のうち、小指だけが斜め上に浮き上がっている。

「つまり、ぼくが吉中に持ちかけた賭けというのは、きみが飲み物を飲むとき小指を立てるかどうか、ってことだったわけ。ぼくは立てる方に張った。もし立てなかったら一万円払ってやるという条件でね。そして吉中に反対の立場で千円を張らせた」

笠原はパドルを左手に持ち替えた。そうしてから黙って清野の方へ突き返してやる。

「缶コーヒーを飲んだときも」

清野はパドルを受け取った。

「自分では気づかなかったかもしれないけど、笠原くんは、いまと同じように小指を立てていた。だから賭けはぼくの勝ちになったんだよ」

清野は受け取ったパドルを元のポケットにしまった。

「少し前に、車庫でやった風間教官の授業で、笠原くんはガムテープを使っただろ。あの様子を撮影していて気づいたんだ。きみが右手の小指をずっと伸ばしっぱなしにしていることに。その後、それとなく観察していると、鉛筆を握ったり箸を使ったりするときも、やっぱりいつもきみは右手の小指を立て気味にしていたから、それがきみの癖だって分かったんだ。だから吉中を引っ掛けてやるつもりで、あんな賭けを思いついたわけ」

本当にすまない、ほんの遊びのつもりだったんだ。そう頭を下げた清野を前にして、笠原は笑い声を上げた。

「許すも何も、逆に感謝しているぐらいだよ。だから風間教官と尾凪助教の前で嘘をついてくれたんだな。言ってみりゃあ、おれの名誉のために。普通に考えたら、小指を立てる癖なんて、けして褒められたもんじゃないからな」

「ああ」清野も笑みを取り戻して頷いた。「そういうわけなんだ」

「じゃあ、おれも一つ白状しようか。——吉中にはまだ何も尋問していない」

また二人で笑い合い、五艘目のカヤックを完成させてから、笠原は清野よりも一足先に倉庫を出た。

そろそろ午後六時半になる。

実のところ、先ほどから笠原は喉が渇いてしかたがなかった。個人的に特別授業をするから参加しろ。そう風間に告げられて緊張しない学生はいない。

道場へ到着すると、そこには尾凪もいた。助教の顔も、気持ちが張り詰めているせいか、だいぶ蒼ざめている。

風間は手に何か持っていた。スポーツチャンバラで使うエアーソフト剣らしい。

「笠原、暴力団と闘うにはかなりの覚悟が必要だぞ」

「心得ているつもりです」

「ほう。では、連中の殺しの手口も知っているな。例えばどうする」

極度に緊張しているせいで、すぐには返事の言葉が見つからない。

「奴らのやり口は予想以上に巧妙だぞ。答えられなければ教えよう」

風間は畳を指さした。そこに正座しろと言っている。

笠原がそのとおりにすると、風間はエアーソフト剣を尾凪に手渡した。

「助教、きみが実演しろ」

尾凪は渋々といった様子で剣を構えた。つらそうな表情だ。

——許せよ。

目でそう伝えてきたあと、尾凪はソフト剣を何度も振り下ろしてきた。けっこうな強さだ。手加減するなと風間に命じられているのだろう。

ただし、叩かれたのは手と足ばかりだった。

「これが連中の使う手口だ。殺しのな。つまり胴体ではなく手足を狙って骨折させる。意外だろうが、それでも叩かれた相手はしばしば命を落とす。なぜそうなるか分かるか」

「……いいえ」

「脂肪塞栓のせいだ。脂肪塞栓とは、折れた骨の骨髄や、打撲によって潰れた皮下脂肪などから、脂肪が雫状になって血液の中に流れ出し、肺の毛細血管に詰まることをいう。それが原因でショック死が起こるわけだ」

風間の義眼が窓から差し込む西日の光を鈍く反射した。

「刑事裁判になると、手を下した暴力団員は、ぬけぬけとこう証言する。『手足を狙っただけだ。頭も体も叩いていないのだから、まさか死ぬとは思わなかった』。要するに、殺人を犯しておきながら、それを過失致死か傷害致死で済まそうとするわけだな。繰り返すが、覚悟しておけよ、笠原。きみはそういう凶暴で狡猾な連中と闘っていくことになるんだからな」

はいと答えるつもりが、唾を一つ飲み込むのがやっとだった。

風間は尾凪に、もっと叩けと命じる。

体の左側から始まって、剣の狙いが右手に移ろうとしたとき、

「お言葉ですが、もう十分でしょう」

尾凪はソフト剣を下ろした。

「そうだな」

ふっと笑って風間は道場から去っていった。

7

プールの水面で、五艘の小船がゆっくりと揺れている。

カヤックの体験学習は、どの学生にとっても新鮮な経験らしく、プールサイドに並んだ顔はみな興味に輝いていた。

尾凪も風間と一緒に、授業の終わり間際になってから、こうしてプールサイドへ足を運んだところだった。

驚いたことに、今日の風間は真っ黒いサングラスを着用していた。

聞けば、義眼を交換したばかりだという。使っているうちに傷がついたり色がくすんだりするらしく、定期的に替えた方がいいそうだ。

真新しい義眼はまだ眼窩（がんか）の形に馴染まないため、いきなりずれることがあるという。人を驚かせたりしないよう、しばらくは目元を隠して過ごすようだ。

この警察学校には、さすがにカヤックを操れる者まではいない。インストラクターは外部の講師だ。その講師には、授業の終わりに五分間だけ時間を分けてほしい、とあらかじめ頼んであった。

最後の五分間になり、風間は学生たちの前に出た。

「ちょうどいい機会だから、少しだけわたしの授業を割り込ませてもらうことにした。前回、警察礼式に書いてある船への乗り方について教えたな。今日はその続きだ。またちょっと実演してもらおうか」

風間の合図を受け、尾凪は今日の教場当番である清野と一緒に風間の横に並んだ。

「さて」風間は清野に顔を向けた。「まずは前回の復習だ。上司を船に乗せるときはどうしたらいい。助教と一緒に、そのカヤックを使ってやってみてくれ」

「はい」

清野は、自分はプールサイドに立ったまま、まずカヤックに尾凪を乗せようとした。

「これが正解だと思うものは？」

風間の問い掛けに、ほとんどの学生が手を挙げた。

挙げなかった学生はほんの数人だ。風間は、そのうちの一人、笠原を前に来させた。

「きみならどうする」

「こうします」

笠原がカヤックに先に乗り、座席に腰を落ち着けた。未経験者のはずだが、小刻みに体を揺らしながら、うまくバランスを取っている。

「つまり下位の者が先に乗るわけだな」

「はい」

「正解だ」

学生たちは、よく分からないという顔をしている。

「礼式第二九条には第二項がある。こうだ。『短艇等に乗り組むときは、上官を後にし、降りるときは、上官を先にする』。――『短艇』とは、同条第一項にある『船舶』とはまた別で、河川の捜索などに使用する手漕ぎボートなどのことだ。こういうカヤックもそれに含まれる」

つまり、タラップのあるような大型の船舶でなければ、乗る順序が逆になるのだ。

「なぜこのような違いがあるのか。その理由は、実際に乗り降りする場面をイメージすると分かるだろう。大きな船と違い、誰も乗っていない短艇は不安定だ。最初に誰かが乗ったときにバランスを崩して転覆するおそれがある。そこで、短艇に乗り込むときには、部下が先に乗って安全を確保すべし、ということになっているわけだ。いいか、やみくもに上司を立てるだけが能ではないぞ。次に来る者のために足場を確保してやる。それこそが警察官の務めと心得ておくことだ」

授業が終わった。学生たちがプールを出て更衣室へと向かっていく。

ただ一人、笠原だけはバスタオルを肩にかけ、こちらへ歩み寄ってきた。彼にのみ「残れ」と命じてあったからだ。

「助教」

風間がこちらの耳元で囁いた。

「第二九条第二項は、きみの行為を言い表したような条文だな」

「……どういう意味でしょうか?」

「彼は」

向かってくる笠原の方へ風間は目を向けた。

「ある問題を抱えていた。それは退校を強要されかねない大きな問題だが、一方で彼は目標をはっきり持った能力のある学生でもあった。だからきみは、その問題を把握しておきながら、わたしに報告もせず、自分だけの胸の裡に留めておこうと決心した」

尾凪は何も言い返せなかった。

「言ってみれば、きみは次世代のために足場を確保してやろうとしたわけだ」

笠原が目の前まで来て一礼した。

「どんなご用件でしょうか」

尾凪は笠原の右手に目をやった。

彼の身に何が起きたか、いまとなっては容易に想像がつく。警察官の採用試験に合格したあとも笠原は両親の町工場を手伝っていた。そのときだ、事故に襲われたのは。

風間は笠原に向かって片手の小指を出した。

「この前助教としたように、今度はわたしとも指切りをしてくれないか」

「はい。ですが、何を約束すればいいのでしょうか」

「それはあとで言う」

「分かりました」

笠原は左手の小指を出してきた。

「すまんな、わたしは右利きだ」

そのとおり、風間が笠原の前で立てているのは右手の小指だった。

笠原は右手を出してきた。おそるおそるという素振りだった。

風間は自分の小指を笠原のそれに絡めた。

だが笠原の右小指は緩いカーブを描いたままで、鉤形にかっきりと折れ曲がりはしなかった。

「なるほど、これではジャンケンでパーしか出せないわけだ。それに、飲み物の缶を持ったときには、どうしても立ってしまうな」

そう言いながら風間は、笠原の小指から自分のそれを離した。

次の瞬間には、笠原の右手から小指が消失していた。

代わりにそれは、風間が鉤形に曲げた小指の中にあった。

もちろん本当の指ではない。そうではなく、至近距離でも本物と見紛うほど精巧に作られた義指だ。

一方、笠原の右手に目をやれば、小指は第二関節から先が欠損していた。

小指を失う。それが笠原を襲った事故だった。

切断の場合なら、すぐ病院にいけば元のとおり手術で接着できたかもしれない。それが無理だったということは、おそらくプレス機でつぶしてしまったのだろう。

「もちろん、ガムテープのようなものを扱うときは慎重にならざるをえないわけだ。下手にテープを小指にくっつかせようものなら、このように取れてしまうからな。それに、バーピーのような激しい運動を続けた場合にも、どうしたって外れてしまうだろう」

付け加えるなら、笠原がソフトボールで山なりの緩い球しか投げられなかったのもこれが原因だ。本当にあったのだ、指がもげてしまうおそれが。

俯いたまま小さく震え始めた笠原の顔を、尾凪は斜め上からじっと見つめた。

彼の苦悩を想像してみる。この状態では入学が許可されないかもしれない。たとえ許されたとしても、自分の希望は暴力団対策課の刑事だ。体にハンデを抱えたものが刑事になれるか。万が一なれた場合でも、小指のない者が暴力団の担当をさせてもらえるのか。

無理だ。笠原はそう思った。そこで決めたのだ。無理ならば、この怪我を隠し通すしかないと。

「先日のバーピージャンプはきつかっただろう。特に」

風間は右の小指で絡め取った義指を、左手に持ち替えた。

「これが外れたあとはな」

「……はい」

たしかに、地面に手をついた場合など、体を支えるためには小さな義指一本でもだいぶ役に立つはずだ。それを失った状態というのは、傍で見る以上に大きな負担だったに違いない。

「にもかかわらずきみは、残りの百四十回ほどをやり遂げた。それだけの根性を持った学生は得難い。失うには惜しい」

風間は一歩前に出た。

すまんな。小声で謝り、風間は笠原の右手小指に義指を嵌め戻してやった。返す手を、小刻みに動いている彼の肩にそっと添え置く。

「そう心配するな。わたしがしてほしい約束は、尾凪助教と同じだ。途中で挫折することなくここを卒業し、一人前のマル暴刑事になる。そう誓ってほしい」

笠原は震えを止め、ようやく面を上げた。

「わたしも助教と同じく、きみの秘密を守る共犯者になろう」

そう言いながら、風間の手がもう一度、今度は上着のポケットへと動いた。そこから何か小さなものを取り出し、笠原に手渡す。

「よかったら、これをもらってくれ」

そう言い残し、風間はプールサイドから去っていった。

笠原の手の平を覗き込み、尾凪はぎょっとした。

そこでは人間の瞳が一つ、天井を静かに見つめていたからだ。

それは風間の古くなった義眼に違いなかった。

義眼とは〝眼球〟のダミーだと思い込んでいたため、ボールのようなものを想像していた。しかし、実際はそうではなかったようだ。

いま笠原の手に載っているものは、天井の低いドームのような形をしている。ちょうど、かなり大きめのコンタクトレンズといったところだ。直径は二、三センチほどもあるか。

彼はなぜこれを笠原に渡したのか……。

その理由に思い当たったとき、尾凪は小さく宙を仰いだ。

自分は、笠原が義指であることを風間や組織の目から隠そうとしたが、そんな行動は本当に必要だったのだろうか。

ハンデを抱えていようが、実力次第では十分に仕事ができる。それを証明し、次世代のための足場を築きつつある人物が、すぐそばにいたというのに。

この義眼は、「堂々と進め」という風間からの励ましなのだろう。

笠原も同じことを察したらしい、彼の右手は、いま受けとったものをきつく握りしめていた。

第三話　殺意のデスマスク

1

——心臓の音がはっきりと聞こえそうです。呼吸はいよいよ浅くなってまいりました。手の平にはじっとりと嫌な汗をかいております……。

若槻栄斗（わかつきえいと）は心の中で喋（しゃべ）り続けた。

試合前にあがったときは、自分の状態をぶつぶつ実況中継するといい。それが道場の師範から教わった緊張を解く秘訣（ひけつ）だった。

来週、六月二十五日から三日間、警察学校の学生たちは県内各署の交番に配属され、職務質問の実地研修にあたる予定だ。

これまでの成績がよい者ほど本部に近い署に配属される。あまり優秀でない者は遠い市町村へ、もっと成績の悪い者は県境部へ、と振り分けられる。

もうすぐ担任教官の風間公親がこの第三教場へ入ってきて、その配属先を発表するというのだから、気を揉（も）むなという方が無理だ。

――さあ、ますます心拍数が上がってきております。おっと、今度は両足が落ち着きなく貧乏ゆすりを始めまし……。

若槻は実況中継をやめた。ブラジリアン柔術の試合前ならたしかに効果があったこの方法も、なぜかいまは効き目のほどが怪しかった。

代わりに教場を見渡してみる。誰もがそわそわしているようだ。落ち着かないのは自分だけではない。そう思うと、ようやく少しだけ気が楽になった。

そのとき前触れもなく、すっ、と白い紙が視界に入ってきた。

Ａ４判の大学ノートを一ページ分まるまる破ったその紙には、見慣れた顔が描かれている。自分の横顔だ。

「いまのおたく、そんな顔」

隣の席で渡部が言った。こっちの横顔を盗み見ながら、いつも持ち歩いている似顔絵用のノートに作品をさらりと描き上げていたようだ。

渡部とは出席番号が近いから、寮での部屋も隣同士だ。よく話をするし、ふざけあったりもする。むさくるしい外見からすれば芸術とは縁が遠そうな雰囲気の男だが、絵心だけはあった。このラフな絵からも自分が緊張している様子が伝わってくる。

若槻は自分の横顔に視線を当てたまま渡部に訊いた。「これ、もらっていいか」

「欲しけりゃどうぞ」

似顔絵をノートにはさんだとき、風間が教場へ入ってきた。

「では、誰にどの交番へ行ってもらうかを発表しよう」

教壇に立った風間が、学生の名前を一人ずつ読み上げ、配属先を伝えていく。

発表は出席番号順だから、渡部が最後で、若槻はその一つ前に読み上げられる。人一倍じりじりとした気持ちで待たなければならなかった。

「若槻。きみはB署のY交番だ」

「はいっ」

返事の声は、抑えたつもりでも勝手に大ボリュームとなってしまった。

とにかくほっとした。B署のY交番なら本部からも近い繁華街だ。警察学校からも、それほど離れていない。これで誰に対しても面子(メンツ)が立つ。

「ただし、Y交番できみの教育係を務める予定だった先輩は、急病のためしばらく休むことになった。代わりに、尾凪助教にその役をやってもらう」

「承知しました」

教壇の脇に控えている尾凪尊彦が、よろしくな、と軽く手を上げる。

「さて、今日の授業では、職務質問のおさらいをしておこうか」

風間は、尾凪、若槻を含めて五人ほどの学生に対し、教壇へ上がるよう命じた。

「こうして複数の警察官が一人の市民を相手に職質をすることがある。そのとき、最も注意するべきことは何だか分かるか。――若槻、どうだ」

「はい。もし相手が暴れ出したら、すぐに取り押さえられるよう、身構えておくことではないでしょうか」

若槻はブラジリアン柔術を会得している。黒帯だ。絞め技なら誰にも負けない。その気になれば、相手の首をへし折ることもできる。

「格闘技に秀でたきみらしい答えだな。だが、わたしが意図している正解は違う。複数で介入する場合は、一人だけが相手に向かって喋る、ということだ。そして残りの者は無言で支援に回る。——なぜそうするのか分かるか」

風間の問い掛けに、挙手できた学生はいなかった。

「複数の警察官が同時に質問すると、相手にはそれらの声がどれも雑音にしか聞こえなくなるからだ。こうなると相手は混乱し、どんな暴挙に出るともかぎらなくなる。したがって会話をするのは一人だけに限定することが肝心だ。分かったな」

「はいっ」

「もう一つの原則は、職務質問は最低でも二人以上でやる、ということだ。初めて現場に出る者はたいてい萎縮(いしゅく)してしまうが、中には冒険心を起こし、先輩が目を離した隙に一人でやろうとする者もいる。それはトラブルの元だから絶対にやめておけ」

風間は壇上の学生たちに、自席へ戻るよう合図を送りながら続けた。

「最後にあと一つ注意点がある。職務質問を終えたからといって、怪しいと思った相手からは、その姿が視界から完全に消えるまで目を離さないように。犯行を固く決意している者は、職質を受けた直後であっても計画を遂行するケースがままあるからな」

「風間教官、お言葉ですが」

仲間たちは席へ戻っていったが、若槻だけは教壇の上に残り続けて言った。

「さっきわたしが言った答えが不正解の扱いをされたことには、少々納得できません。あれでも間違いではないはずです。職務質問では、常に相手の言動に注意し、不審な動きがあれば、すぐ制圧できるような態勢を取るべきと考えます」

風間はふっと笑った。

「すまなかったな。訂正しよう。もちろん、きみの答えでも正解だ。——では、せっかくだ。きみに犯人制圧の手際をここで実演してもらおうか」

「望むところです」

「では相手が要るな。誰かを選んでくれ」

「分かりました。ですが、誰でもいいというわけにはいきません。わたしの技は危険ですから」

調子に乗り始めている自分を感じた。配属先に不満がなく、緊張が一気に解けたせいだろう。まあ、せっかく存在感をアピールする機会に恵まれたのだから、これを逃す手はない。

「演技とはいえ、相手の方もそれなりに強靱でなければ、怪我を負わせてしまうおそれがあります」

いま一緒に教壇に上がったクラスメイトの中から相手を選ぼうかと考えたが、いくらデモンストレーションでも、この連中では物足りない。みな体つきが華奢で、何より首が細すぎる。

「だったら、おれが相手になってやろうか」

尾凪の声だった。助教は挑戦的な眼差しで一歩前に出てから、「よろしいでしょうか」と風間に許可を求める。

「いいだろう」

風間は腕を組んで一歩引いた。

若槻はざっと、尾凪の頭から足の先まで視線を走らせた。野球で鍛えたというこの助教なら、首の太さは十分だ。

「入校して最初の自己紹介のときにも言ったと記憶していますが、わたしが子供のときから学んできた格闘技は、ブラジリアン柔術、略してＢＪＪというものです」

若槻はワイシャツの第一ボタンを外した。

「普通の柔道との違いを、かなり大雑把にですが分かりやすく説明すると、ＢＪＪは寝技と絞め技に特化している、ということになります。柔道もＢＪＪも寝技が認められている格闘技ですが、柔道では審判の『待て』によって制限されてしまいます。しかしＢＪＪでは寝技に制限時間はありません」

首を右回り、左回りに動かし筋肉をほぐしつつ、今度は袖のボタンを外して腕捲(まく)りをした。

「ＢＪＪの絞め技は、ほぼ無数にありますが、犯人制圧には〝裸絞め〟が最も適当かと思います。背後からかける技で、反撃を受けづらいからです。本来は寝てかける技ですが、ここは道場ではありませんので立ったままやってみます。――いいですか、尾凪助教」

「ああ。手加減すんなよ」

「では訓練前に、握手をさせていただけますか。格闘技は何より礼を重んじなければなりませんので。ただし、お願いがあります。遠慮なくきつく握ってください」

「任せろ」

尾凪は右腕を掲げ、手の平を左手の親指で揉(も)む仕草をした。

「本当に遠慮しなくていいんだな。利き手の方でかまわないか」

「どうぞ。わたしの手を握りつぶすつもりでお願いします」

尾凪の握力が左右ともに七十五、六キログラムだということは、以前、何かの折に耳にしていた。プロ野球でもそこまでの数値を出す選手は多くないはずだ。

握手をした。

尾凪の手はかなり肉厚だったが、これ以上の猛者など道場にはいくらでもいた。若槻は、まったく怯むことなく握り返した。

にやついていた尾凪の顔が変わってきた。頬に赤みが差し、続いて顔面全体が朱色になる。

若槻の方から手を放してやると、尾凪はふたたび右の手の平を左手の親指で揉む仕草をした。ただし今度は痛さをこらえる表情で、だ。

学生たちの間から、静かな歓声が漏れ聞こえてくる。

「ブラジリアン柔術の選手は、みんな恐ろしいほどの握力を持っています。テイクダウンのとき、つまり立っている相手を倒して寝技に持ち込むとき、道着の襟を思いっきり摑む必要があるからです。テイクダウンの練習を山ほど積むうちに、握る力は勝手に強くなるわけです。——前置きが長くなりました。では尾凪助教、デモンストレーションの本題に入りましょう」

「おう」

右手をぷらぷらと振り、まだ残っていたらしい痛みを振り払ってから、尾凪はこちらに背を向けた。

「失礼します」

若槻は尾凪の背後に立ち、相手に自分の体を密着させた。そして尾凪の首に腕を回す。

「裸絞めは、相手の衣服や道具を使わなくてもできるため、そのような名前で呼ばれています。別名バックチョーク、あるいはチョークスリーパーホールドともいいます」

学生たちに向かって講釈を続けつつ、尾凪の頸部を肘ではさむように右手を当てた。

その右手を左手でクラッチし、自分の頭部を尾凪のそれに密着させる。

右手で頸部を緩く絞めながら、自分の上体と顎で尾凪の頭部を後ろから押すようにした。

「これが裸絞めの基本です。相手に逃げられないようにするためには、地面に寝転がり、両足で敵の腰部をはさむようにすることが肝心ですが、さっきも言ったようにここは道場ではないので、そこは省きます」

「おいおい、どうした」すぐ目の前にある尾凪の頭部が、前を向いたまま言った。「へなちょこ。その程度か？　手加減すんなってさっき言っただろ」

「……いいんですか、本気を出しても」

「当たり前だ。おれを落としてみろよ。なんなら殺しにかかってきていいぞ」

脳内のどこかで敵意に火が点いたのを感じた。同時に野心が頭をかすめる。チャンスだ。助教を絞め落とした——それほどの武勇伝を持っていれば、以後の警察官人生で、ずっと一目置かれる存在でいられるはずだ。

手足に渾身の力をこめようとしたとき、

「そこまででいい」

風間の声が割って入った。

「ご苦労だった」

若槻は尾凪の首から腕をほどき、体も離した。そしてワイシャツの襟を直し、一瞬夢見た将来を頭から振り払うことに努める。

「ブラジリアン柔術とは珍しいな。どうしてその格闘技を習おうと思った」

「はい」ワイシャツのボタンを急いで留め直してから答えた。「小学二、三年生のころまで、三つ上の兄によくいじめられていましたので」

「それは気の毒だった。具体的にはどんないじめを受けた」

「たいてい、押し入れの中に閉じ込められていました」

「なるほど。それで兄さんに仕返しをしようと思ったわけか」

「はい。近くにブラジリアン柔術を教えている道場があったんです。親に頼み込んで、わたしだけ通わせてもらうようにしました」

「親御さんはよく許してくれたな」

「父も警察官でしたので。わたしたち兄弟の躾に厳しく、ときには鉄拳制裁も辞さない人でしたから、格闘技にも理解を示していました」

「そうか。いま見せてくれた身のこなしからして、きみはかなりの腕だろう。もう少し努力すればプロの格闘家にだってなれるんじゃないか?」

「ええ。試合ではいつも、けっこういいところまで勝ち上がっていました」

「弱点はなしか」

「……はい、無敵です」

若槻が両の拳を肩の高さで握り締めてみせると、皆が笑い声を上げた。

「もちろん、きみたちが被疑者から逆にこういう恐ろしい技をかけられるおそれもあるわけだ。いずれ機会を見つけ、裸絞めからどうやって逃げるかも教えておこう」

風間が言い終えると同時に、授業終了を告げるチャイムが鳴った。

次は模擬家屋で犯罪捜査の授業だ。学生たちが部屋から小走りに出ていく。

若槻も出口に向かったが、廊下へ踏み出す前に、まだ教場内に残っていた風間から呼び止められた。

風間は背中で手を組み、窓の方を向いていた。そばには尾凪も控えたままだ。

「さっきはなぜ答えをはぐらかした」

それが、窓の外を見やったまま風間が口にした問い掛けだった。

「……何のことでしょうか」

「弱点はなく無敵。そう答えたな。あれは本当か」

歴戦の鬼刑事だったという風間には、絶対に嘘(うそ)をつけない。つけば瞬時にして見破られ、その後は恐ろしい制裁が待っている。そう誰もが噂(うわさ)していることは、もちろん知っていた。

「申し訳ありません。嘘をつくつもりはありませんでした。ただ、先ほどは皆が聞いている手前、本当のことがどうしても言いづらくて、しかたなくあのような返事で逃げました」

「なるほど。では、きみにも弱点はあるんだな」

「はい。いつも師範に注意されていたことがあります」

風間がようやくこちらを振り返った。「どんなことだ」

若槻は自分の顔を指差した。

「表情の癖です。ときどき試合中に、レフェリーには見えないところで相手から反則技を食らうことがあります。そういう卑劣な相手には、本気で思うことがあるんです」

「何をだ」

「こいつを殺してやろう、と」

風間は顔を変えなかったが、尾凪はやや驚いた表情でこちらの顔を凝視してきた。

「師範は、おまえが殺意を抱いたときはすぐに分かる、と言っていました」

「なぜだ」

「そういうときは全ての表情が消え、顔がデスマスクのようになるから、だそうです」

表情を読まれれば当然警戒される。格闘技では不意を突くことが重要なのに、それができなくなる。たしかにその癖は、弱点以外の何ものでもなかった。

2

Y交番の詰所で顔見知りの仲間と雑談を交わしながら、尾凪は若槻を待っていた。

都市部だから、この交番は個別の建物ではなく、ビルの一階に組み込まれる形で立地している。内部はけっこう広い。市民に応対するためのカウンターがあり、その奥に机が五つも合わさった島があるのだが、それでもまだスペースに余裕がある。

実地研修も三日目を迎えていた。

初日、若槻はB署に行き、署内で挨拶回りをした。このときはB署に配属されたほかの仲間と一緒だったため、まだ気が楽だったらしい。

だがその後、B署からY交番へ自転車を漕いでやって来たときにはガチガチに緊張していた。気持ちは分かる。自分も学校外に出て初めて一人で制服姿で行動することになったときは、正直なところ、とんでもなく怖かった。

三日目の今日も、若槻にはまず、朝からB署に顔を出す仕事があった。

彼が交番へ戻ってきたのは、午前十時ちょっと前だ。さすがに三日目ともなると、表情から硬さが取れている。

若槻を休憩させたのは五分ほどだった。湯飲みの茶がまだ温かいうちに、尾凪は制帽を手にして立ち上がった。そのとき、

「尾凪さんは、風間さんについているそうですね」

ふいにそう話しかけてきた交番員がいた。

紙谷朋浩だ。

このハコへ来てから初めて会った男だった。こちらと年齢は近そうだが同期ではない。交番内の座席表を目にしていなければ、名前すら知らなかった相手だ。

紙谷は、ちょっと異質な存在だった。つい先ほども、ただ一人だけ雑談には加わらず、何やら調書のようなものを読み込んでいた。ほかの交番員と違って、制服姿がどこか板についていないところも妙だ。その代わりと言ってはおかしいが、眼差しに鋭さを秘めている。

「ええ、そのせいで緊張の毎日ですよ。紙谷さんも風間教官のお知り合いなんですね」

「はい。たしかに、あの人の下ではかなりの気苦労を強いられますが、その分、得るものも多い

はずです。健闘を祈りますよ」

「ありがとうございます」

紙谷に軽く頭を下げ、尾凪は若槻に向き直った。

「どれ、行くぞ。もたもたすんな」

「はい。今日もご指導をお願いします」

交番員たちの見送りを受け、若槻を従えてハコを出る。

乱暴に言ってしまえば、交番勤務での主な仕事は二つに絞られる。パトロールと巡回連絡だ。今回の実地研修ではパトロールだけをやる。とはいえ、ただ警戒して歩くだけではない。不審者がいれば職務質問をかける。むしろ職質の実際を間近で経験することが研修最大の目的だった。

街頭に立った。平日の割には人出が多い。

人通りに目を走らせつつ尾凪は若槻の肩を叩(たた)いた。

「今日はどんな相手にバンかけをするんだ？　あらかじめ五つの狙い目を設定してあるよな。復唱してみろ」

「はい。一、視線が泳いでいる者。二、顔色が悪い者。三、靴が汚れている者。四、不自然に荷物を多く持っている者。五、ミリタリー系の格好をしている者、の五つです」

「よし。そういうやつが目に留まったら、すぐこっちに知らせろ。今日はおれが話す。おまえは黙ってそれを見学してればいい。ただし報告書を上げるのはおまえの仕事だ。一件ごとに念入りに作れよ」

「分かっています」

「くれぐれも受傷事故には気をつけろ。バンかけのときは、相手の一挙手一投足を見逃すな。見た目がおとなしそうなやつでも、急に襲いかかってくることもあるからな」

若槻は深く頷いたあと、

「風間教官も、新米のころは職質の練習をしたんでしょうね」

そんなことを口にする。

「まあ、だろうな」

風間が新米のころ……。すぐにはその様子が想像できなかった。

「教官の右目は義眼のようですが、あれも、もしかして職質中の受傷事故ですか」

「おい、滅多なことを口にするんじゃない」

「すみません。でも、仲間内でときどき話題になるんですよ。なぜ右目を失くしたのかが。門田のやつなんか、拳銃の暴発事故のせいだとか言ってましたが、まさか風間教官がそんなミスをするはずがありません。かといって、古い新聞を調べてみても、それらしい記事が見つからなくて……。勝手な憶測が飛び交っている状態なんです」

「おれも知らん。とにかく、いまはよけいなことを考えるな」

制帽の上から軽く頭を叩いてやった。若槻にはシラを切ったが、自分は千枚通しの男、十崎との一件を知っている。だが学生に教えてやるつもりはない。

「あの、お巡りさん。すみませんけど」

すぐそばで嗄れた声がした。見ると、かなり高齢と見える女性がステッキを片手に立っている。

「このあたりに公衆電話はありませんか」

「ありますよ」

答えながら尾凪は、できるだけ老女と目の高さを合わせるため、やや腰を屈めた。

年齢は九十前後か。言葉で説明するだけでは心許ない。実際に手を引いて連れていってやらなければ不安だ。

「若槻。おまえ、公衆電話のある場所まで案内できるか」

「すみません」若槻は眉毛をへの字にし、こめかみに手をやった。「このあたりの地理は不案内でして」

「だったら、ここでちょっと待ってろ。何もしなくていい。ただ立ってるんだ」

そう若槻に言い、尾凪は老人を近くのコンビニ前に設置された公衆電話まで連れていった。

そうしてから急いで元の場所へ戻り、若槻に訊いてみる。「何も異常はなかったな」

「はい。ありませんっ」

若槻が勢いよく答えたのと、少し離れたところから通行人が口々に上げる悲鳴のような声が聞こえてきたのとは、ほぼ同時だった。

騒ぎが起きたらしい方を見やると、若い女性が一人、怯えきった表情で駆けてくる姿があった。

「あっちで――」

女性は半分泣いていた。唇を震わせながら、いま自分が走ってきた方角を指で指し示す。

「子供が、男に襲われていますっ。通り魔です！」

訴えを聞くなり、尾凪はその方向へ足を踏み出していた。

「案内してください」

出訴人（しゅつそにん）の女性に言い、しかしヒールの高い靴を履いたこの相手に行動を合わせていたのでは遅すぎると判断し、すぐに全力で走り出す。

若槻の足音を背後に聞きつつ、通行人たちの様子から現場の見当をつけた。

角を曲がると、前方に刃物を持った二十歳前後の男がいて、ランドセルを背負った子供を追いかけ回していた。

「おまえは一一〇番しろ。応援を呼ぶんだ！」

若槻に命じたが、声が耳に届かなかったのか、彼はそれを無視した。若槻は猛然と足を速め、一言も発することなく通り魔に向かって突進していく。

制服姿の若槻を目にした相手は、たじろぐ素振りを一瞬だけ見せたあと、背を向けて逃げようとした。だが若槻はすぐに追いつき、背後から飛び掛かった。

「おい、待てっ」

尾凪はそう声をかけたが、若槻には届かないようだった。

こうなったら制圧は彼に任せた方がいいだろう。応援は尾凪が呼ぶことにした。

一一〇番をし、一般人への避難誘導を行なってから、尾凪は若槻と通り魔の方へ駆けつけた。

男はいったん若槻の手をかわしたが、逃走をあきらめたのか闘うつもりのようだ。破れかぶれにも見えるが、果敢にも首投げを仕掛けてくる。

若槻は素早く腰を落とし、その攻撃を難なくかわした。そして相手の襟を摑むや路上に引き摺（ず）り倒し、背後に回り込んだ。背中から相手の体を両足ではさみ、腕を頸部に巻きつける。

瞬時にして若槻の裸絞めが決まった。

まるで流れるような一連の動きに目を奪われつつ、尾凪はわずかにうろたえた。犯人の姿に、先日の授業で若槻のデモンストレーションの相手になった自分の像が重なったからだ。

犯人は白目を剝き口から泡を吐き始めたが、それでもかまわず若槻は相手の首をさらに絞め上げにかかる。

「もういい、やめろっ」

男が意識を失ったのを見て尾凪が止めに入ると、若槻はようやく腕の力を緩めた。

「さすがだ、お巡りさん」

取り囲んだ通行人から送られた拍手を受け、若槻の頰はみるみる朱色に染まっていった。

3

昼休みの最中だったが、ふと思い出し、尾凪は電話機に手を伸ばした。

来週は消防学校にある施設を借り、火災体験訓練の実施を予定している。当初は学生だけを行かせる予定だったが、

――せっかくだからきみも体験しておけ。

風間の一言で、自分も同行することになった。参加者が一名増えたことを、念のため先方に伝えておかなければならない。

その連絡が済んだあと、尾凪は数日前の新聞を広げてみた。

【お手柄　警察学校生が通り魔を現行犯逮捕】との見出しが大きく出ている。

事件から五日が経過していた。

通り魔の男は、岩瀬（いわせ）という名であることが判明している。

若槻の腕で絞め上げられたため、岩瀬は頸椎（けいつい）を損傷し、現在も入院していた。意識はあるようだが、犯行時の記憶は曖昧になっているらしい。そのため、所轄署の刑事たちは、まだ本格的な事情聴取をできないでいる。

所轄署にある職務質問の記録を調べたところ、どうも岩瀬は一年ほど前にも一度、あの付近でバンかけを受けたことがあるようだった。

そのとき岩瀬は、聴覚障碍者（しょうがいしゃ）のふりをして職質を切り抜けようとしたらしいが、警察官から障害者手帳の提示を求められると、走って逃げたという。その逃走した人物の人相風体が、完全に岩瀬と合致していたのだ。

襲われた子供は、耳鼻科で鼻炎の治療を受けたあと、遅れて登校している最中の児童だった。幸いにも大きな怪我を負わずに済んだが、それは若槻の動きが早かったおかげだろう。

被害者が子供だったため、若槻の制圧行為を過剰な暴力だと非難する声は上がらず、彼は一躍ヒーローとなった。

この事件について、尾凪は自分の見聞きしたことを全て正確に報告書にまとめた。所轄署に提出したその書類には、風間も目を通しているはずだ。

花壇の手入れをしていた風間が教官室へ戻ってきたのは、ちょうど尾凪が新聞を置いたときだった。

「消防学校には一名増を連絡し、了承をもらいましたので、来週はわたしも火災体験訓練に行ってまいります」

「そうしてくれ。――先方までの交通手段はどうする？」

「そんなに遠くありませんから、歩いていきます」

消防学校までは二キロメートルほどの距離だ。天気予報によれば炎天下での行軍となりそうだが、警察官の卵がお日様ごときを怖がっているようでは仕事にならない。

「それもいいだろう。――ところで三時限目のわたしの授業だが、せっかくだから、きみと若槻の体験した事案を活用させてもらおうかと思う」


三時限目の風間の授業は体育館で行なわれた。

「今日は先の通り魔事件を検証してみる。段階を区切って再現してもらったあと、ポイントを解説していこう」

尾凪は若槻と一緒に、体育館のほぼ中央に立たされた。

そこから二十メートルほど距離を置いた場所に、犯人の岩瀬役と被害者役の学生が配置される。

その中間地点に、急訴の届けをした通行人役の女子学生が立った。

残りの学生たちは床に座ってこちらを見ている。

「今回、助教と若槻が体験した事件だが、その発端は、二人のもとへ走り寄ってきた通行人の訴えだった」

風間の目配せを受け、通行人役の女子学生の星谷舞美(ほしたにまみ)がこちらへ走り寄ってきた。

いまはヒールの高い靴を履いている。ただし体育館の床を傷つけないよう、鑑識の作業中に用いる靴カバーを何重にも被せてあるから、彼女の足元はいささか珍妙な様相を呈していた。

——再現演技とはいえ、実際に即してハイヒールを履くべきです。

この授業が始まる少し前、早めに数人の学生を選び役を割り振ったとき、通行人役に決まった舞美はそう主張した。一理あるなと思い、尾凪は彼女と連れ立って倉庫に行き、備品の中から高いヒールの靴を探し出した。

そのとき、目に留まったものがあった。どこかの期が犯罪捜査の授業で採取した足跡の石膏型だ。つい興味を惹かれ、それらに見入ってしまったのは、いつか四方田校長から聞いた水中からの足跡採取法を思い出したせいだと思う。

「若槻、このようなケースを一般的に何というか知っているか?」

風間の質問に、若槻は一段と背筋を伸ばした。

「『急訴事案』だと思います」

「正解だ。さて助教、女性からの急訴を受けて、きみたちはどうした?」

「『案内してください』、と女性にお願いしました」

「そう。むやみに自分だけが現場に行こうとしても、それがどこなのか判然としない場合がある。したがって、出訴人に案内を請うのが基本だ。——助教、続けてくれ」

「はい。しかし女性がヒールの高い靴を履いており、速く走ることが困難のようでした。もっとも、この事案では周囲にいるほかの通行人の動向から、容易に現場の位置を推察できたため、案内人なしで駆けつけることにしました」

「それも適切な判断だ。では、その様子を再現してほしい」

女子学生をその場に残し、尾凪は横へと移動した。後ろから若槻もついてくる。

「助教、現場へ向かいながら、きみは何をした？」

「若槻に、一一〇番に通報するよう命じました」

「そう。それが正しい。警察官の我々が一一〇番に通報するというのも妙な話だが、今回のように急を要する事案の発生があった場合は、それを直接指令本部に知らせなければならない。また、応援が必要と認めたなら、その旨を遠慮なく伝えることだ」

はいっ。学生たちの返事が体育館の高い天井に木霊する。

「なお一一〇番通報では、まず所属階級及び氏名を告げる。その後、事案内容を連絡するわけだが、もしそれが把握できていない場合は出訴人に代わって話をしてもらい、その横で通話内容を聞き取るようにすることだ。――それからきみたちはどうした」

若槻が尾凪を差し置いて一歩前に出てから言った。「前方に犯人の姿を認めましたので、つい興奮して足が速くなりました」

「そうか。助教、このときのきみの対応は？」

「若槻には『待て』と言いました。ですが、彼はそのまま犯人に突進を続けたため、やむなくわたしが通報する側に回りました」

若槻はまだ見習いだから、危険な業務はさせられない。しかし格闘の技量には優れている。犯人の凶器にさえ注意すれば負けることはないだろうと判断したのだ。

「若槻、きみはどうした。再現を続けてくれ」

「はい。――おらぁっ！」

威嚇の声を上げ、若槻は犯人役の学生へ走り寄った。襟を摑んで床に倒し、背後から組みつき、緩くではあるが裸絞めもかける。

「若槻、そうして犯人を絞め上げているとき、きみの心理状態はどうだった」

「はい、怖くて夢中でした」

「では助教、若槻が制圧しているあいだ、きみの動きは？」

「応援要請を終えたあとは、被害者の子供を確保し、怪我の有無を確認しました。それから若槻と犯人の様子に注意しつつ、時刻を確かめました」

「そう。現場に到着して負傷者がいる場合は、なによりも応急手当が優先だ。必要なら救急車を要請する。同時に時刻の確認を忘れるな。よっぽどのことでなければ、付近の通行人に避難誘導を呼びかけるのは、それが済んでからでも遅くはない」

「はいっ」

風間は学生たちに授業の終わりを告げた。

教官室に戻る途中、前を歩いていた風間が言った。「助教、もう一度だけ事件の現場を頭に描いてくれ。きみが見たものを全部だ」

不意を突かれ、尾凪は一瞬、足の運びが遅れた。

「はい」

小走りに風間の背中に追いつく。

「描いたか」

「はい。そうしたつもりです」

「では訊くが、犯人に裸絞めをかけている若槻は、どんな体勢を取っていた」

「足を相手の鼠径（そけい）部にかけ、がっちりとホールドしていました」

「表情は」

「かなり苦しそうで、落ちる寸前のようでした」

「犯人ではない。若槻の表情について訊いている」

「すみません、よく覚えていません」

「では質問を少し変えよう。いま体育館で行なった再現で、何か気づいたことはないか」

「……いえ、特には」

風間が肩越しに振り返り、ぎろりと睨（にら）んできた。

「ほう、あれだけあからさまに事実と違う点があったのに、見逃すとは呆（あき）れたな」

尾凪は、今度こそ完全に足を止めていた。

「教官室に戻ったら、きみが書いた報告書を読み返すことだ」

「……分かりました」

「それでも気づかなかったら助教をやめてもらおうか。きみも学生たちにまじって警察学校生からやり直せ」

4

窓から空を見上げた。雲一つない蒼天（そうてん）だ。七月初旬の日差しは敵意むき出しという感じでぎらついている。

若槻は溜め息を一つついた。

いまだに英雄気分は残っているが、今日だけはいささか憂鬱だった。

これから消防学校で火災体験訓練があるそうだ。聞くところによると、煙を満たした迷路の中に入らなければならないらしい。

疑似体験といえども、できることなら避けたかった。幼いころ、兄の手で押し入れに閉じ込められ、かなり怖い思いをしている。そのトラウマのせいで、二十六歳になったいまでも真っ暗で狭い場所が苦手だった。体調によっては、下手をすれば恐怖がフラッシュバックし、パニックを起こす場合がある。

仲間の前で失態を晒すことだけは避けたい。せっかくヒーローの地位を手に入れたのに、陰で笑われるようになったら、以後この組織で上がり目はない……。

そのとき、ふと思い出した。今日は飲料水を自販機で買って携行しろと言われていたはずだ。財布を開いた。小銭が五十円分ほどしかない。千円札なら自販機で使えるが、それもない。入っているのは一万円札が一枚だけだ。

そうだ。以前、隣室の渡部に小銭を貸したことがあった。ほんの三、四百円だから、向こうが失念しているようならこっちも忘れてしまってもいいかなと思っていたが、いまこそ返してもらうチャンスだ。

タオルや着替えなどの入ったバッグを持ち、このまますぐ消防学校へ行けるようにしてから部屋の外に出た。

施錠しながら廊下の向こう側を見やると、そこに二つの人影があった。尾凪と渡部だ。前者が後者に何事かを言い含めている様子だったが、すぐに尾凪の方がそそくさと立ち去ってしまった。

自室の方へ戻ってきた渡部に訊いてみた。「いま何を言われた?」

「大したこっちゃない。小言をくらっただけだ。『おまえの部屋は散らかってるから掃除をちゃんとやっとけ』ってさ」

「そうか」

尾凪と渡部の様子は何やら密談でもしているようで、どうも小言といったふうには見えなかったが、深く詮索するほどのことでもないだろう。

「ところで、この前、三百円ぐらい貸したよな」

「ああ、すまん。忘れてた」

「こっちこそ悪いが、ちょっと返してもらえるとありがたい。ジュースを買いたくても小銭がなくて」

「分かった。中で待っててくれ」

渡部の部屋に入った。机の上にノートが置いてある。例の似顔絵帳だ。

「これ、見せてもらってもいいか」

「どうぞ」

ノートを開き、ぱらぱらとページを捲(めく)っていった。

男子も女子も、同じ風間教場の学生なら、最低一人一枚は描いているようだ。

渡部は将来、凶悪事件の捜査に携わりたいらしい。似顔絵の腕前を磨いているのも、その一芸を以て刑事部門へ自分を売り込もうとしてのことだ。授業中でも、隙あらば誰かの顔をせっせと描いていた。その〝内職〟に風間教官が気づいていないはずはないが、注意はしていないようだ。

そのまま渡部の能力をのばしてやろうと思っているのだろう。

ノートには若槻を描いた絵も何枚かあった。過去に一度も見せてもらったことのない作品だ。こうして見ると、ほかの学生と比べても数が幾分多い気がする。

「おまえ、おれに惚(ほ)れてるんじゃないだろうな」

冗談めかしてそう言ってやると、渡部は「かもな」と笑い、

「ほら、お待たせ」

財布から取り出した小銭をこちらへ差し出してきた。

「おたくの絵が多いのは、描きやすい顔だからだよ」

先月のことだ。犯罪捜査の授業で、似顔絵の描き方を習ったとき、指導を担当した教官が言っていた。

――似顔絵は、個性的な顔は描きやすいが、それが強すぎても描きにくい。

そして教官は若槻の顔について、こうも述べた。

――ちょうどいい頃合いの顔というのがあって、若槻の場合がそれにあたる。目玉が適度に大きく、眉毛も鼻柱もほどほどの太さ。ひとことで言うなら、控えめな威圧感のある顔だ。こういうマスクは特徴を摑みやすい。

「やっぱり、あの教官が言っていたとおりなのか、おれって」

「いや」渡部は首を横に振った。「おれの意見はちょっと違う。おれは感情が表れている顔だと描きやすいんだよ。おたくの顔には、いつもどこかに野心みたいなものがにじみ出ていて、ぎらついている感じがするから、筆が動きやすいんだな」

ふうん、と若槻は頷いた。絵の描けるやつに言わせると、そんなものか。

ノートを捲ると、また自分の顔が出てきた。だが、その一枚は大きくバツ印で消してある。

「これは失敗作か？　おれの顔は描きやすいんじゃなかったのかよ」

「それがな、このときだけは難しかったんだ」

「このときってのは？」

「ほら、風間教官の授業で、尾凪助教を相手にして裸絞めをやってみせただろ」

「ああ」

「で、尾凪教官が煽ってきたよな、おれを落としてみろって。あのときおたくが見せた顔は、まるで感情を失っている感じで、うまく描けなかった。上手く言えないが、デスマスクみたいでさ」

デスマスクか……。師範にいつも言われていた弱点だ。

「それにしても、おたく変わってんね」渡部は笑った。「攻撃のスイッチが入ると、逆に感情が消えるなんてさ」

その言葉には曖昧な返事で応じ、「もう出発だから、おまえも急げよ」とだけ言い残して渡部の部屋を出た。

寮に備え付けられている自販機でスポーツドリンクを買い、集合場所のグラウンドへ向かう。

「みんなそろったか」

国旗掲揚台の前で、尾凪は首に白いタオルを巻いた。

「じゃあ、出席番号順に並べ。いいか、歩道をふさいで一般市民の邪魔になったりすんな。きちんと一列になって歩けよ」

消防学校での火災体験訓練は午後二時からの予定だ。その一時間前に、尾凪が率いる風間教場の一行は徒歩で出発した。

校門の外には、もうマスコミの連中はいなかった。ヒーローと持ち上げられた期間は一週間ほどに過ぎない。新聞やテレビの関心は、すでに他のネタへと移ってしまっている。

面倒が一つ減ったなと思う反面、いささか寂しくもある。

自然と歩速が落ちたのは、とある飲食店の前に差し掛かったときだった。店の壁に、格闘技イベントの開催を伝えるポスターが貼ってある。それに目が吸い寄せられたせいだ。

大学を出たあとは実家に戻り、子供のころに通った道場で師範のアシスタントをしながら大会への出場を続けていた。試合で目立った成績を残していれば、いずれはプロ格闘技の団体からお呼びがかかるのではないか、と期待してのことだ。

ただし期間は区切った。二年間。それだけやってもプロへの道が見えてこなかったら、父親の背中を追って警察官になると決めていた。だが……。

二年では短すぎたのではないか。

かすかな疑念が、いまでも胸の深い部分で燻(くすぶ)り続けている。

道程の半分ほどが過ぎたころ、先導役の尾凪が振り向いて声を張り上げた。

「熱中症には気をつけろ。ぶっ倒れたりして仲間に迷惑かけんじゃねえぞ。携帯している水は遠慮なく飲めよ」

ちょうど喉の渇きを覚えていたところだ。列の後方を歩いていた若槻は、手にしていたバッグからスポーツドリンクのペットボトルを取り出した。

キャップを開けようとした直後、ボトルが手から消えていた。背後からそれを誰かの手が奪っていったからだ。

誰の手かは明らかだ。自分の後ろにいるのはたった一人、渡部だけだ。

「おいっ。やめろ」

「少しもらうぞ。いいだろ?」

渡部は、ボトルを持ったまま前方へ走り出した。

「ざけんなっ」

若槻は怒声を張り上げ、渡部と、そして彼が握っている自分のスポーツドリンクを追いかけた。

渡部は一列に並んだ学生を追い越し、たちまち先頭にいる尾凪の近くまで到達した。

「おまえら、なに騒いでんだ」

渡部の前に尾凪が立ちはだかった。

「小学生のガキじゃあるまいし、幼稚な鬼ごっこなんぞで無駄なエネルギーを使ってんじゃねえ」

尾凪が渡部の手からペットボトルを奪い取り、それをこっちに返してくれた。そして渡部の頭を帽子で軽く叩いた。

「主犯はおまえか。帰ったらペナルティな。覚悟しとけ」

そんな一幕を経て、消防学校に到着した。

敷地の一角に、一辺が七、八メートルほどある三階建ての建物が鎮座している。その一階部分に白い煙を充満させてあるようだ。内部はパーティションで迷路状に仕切られているらしく、そこを懐中電灯の光だけを頼りにくぐりぬける。それが今回の訓練の内容だ。

このような「煙ハウス体験」は、移動式の小さなビニールハウスを使って行なうのが一般的だが、その程度では、警察学校生にとって訓練にならない。というわけで、今回は消防学校にある本格的な訓練用の建物での体験学習となったようだ。

「煙は訓練用の無害なものですが、ハウスの内部は視界が悪いため、慣れない人は恐怖に駆られて混乱をきたします。どうか気を引き締めてかかってください」

簡単な説明を消防学校の教官から受けたあと、学生たちは二人一組で建物の中へと入っていった。

「せっかくだから、おれもやってみるかな」そう言いながら、尾凪が近寄ってきた。「若槻、一緒に行くぞ」

「またこのコンビですか」

「なんだ、文句あんのか」

「いいえ——。あの、もしかしたら、わたしはパニックを起こすかもしれません」

実は暗くて狭い場所が苦手であることを手短に伝えた。

「そんなことだろうと思った。兄貴にいじめられたトラウマってやつだな、きっと。まあ心配すんな。おれが先に行く。こっちの背中を見失わないようにさえすればいい」

「そうします」

若槻は尾凪と一緒に煙ハウスに入った。

火災訓練用のフォグマシンが作り出す煙は、天井に近いほど濃い。だからできるだけ煙を吸わないようにするには、四つん這いになる必要があった。そうして壁や地べたを伝いながら出口を目指さなければならない。

内部は思った以上に視界がきかなかった。案の定、幼少時の嫌な記憶を思い出し、すぐに拍動が強くなってきた。

落ち着こうとしているうちに、尾凪の背中を見失っていた。

「助教、どこですかっ」

返事がない。おれの背中についてこい――そう言っていたはずなのに、さっさと一人で出口の方へ行ってしまったのか。

思わずパーティションに頭をぶつけた。

――さあ若槻選手、やや追い詰められた。喉の奥がきゅっと苦しくなっています。舌もカラカラに干上がっている状態です。果たしてこの暗闇から無事に脱出できるのでしょうか……。

四つん這いになって進まないと訓練にならない。そう頭では分かっているのだが、恐怖心に負け、体が勝手に立ち上がっていた。

「尾凪助教！　どこですか、迷いました。助けてくださいっ」

そのとき、懐中電灯の光が目の前にパッと灯った。

あまりの眩しさに、若槻は目を細めた。

「慌てるなって」尾凪の声だった。「ここにいる。どれ、一緒に出るとするか。今度ははぐれるんじゃねえぞ」

5

ノックの音がした。若槻がドアを開けると、寮の廊下に立っているのは渡部だった。

「実はな」渡部は俯（うつむ）いたまま、重そうに口を開いた。「謝りにきた」

若槻は記憶を探った。渡部に頭を下げられる筋合いなどあっただろうか……。

「ほら、一昨日（おととい）だ。消防学校へ行く途中、おたくの手からスポドリを取り上げただろ」

「ああ」

あんなくだらない出来事など、すっかり忘れ去っていた。

「何の真似（まね）だったんだ、あれは」

渡部はここまで幼稚なやつだっただろうか。そんな疑問の方が、悪戯（いたずら）をされた怒りよりもずっと大きかった。

「あれはな、尾凪助教の指示だ」

予想外の言葉に、どう反応していいか分からなかった。

「本当だ。『おれが水を飲めと号令をかけるから、若槻がボトルを出したら、それを取り上げて走ってこい』——そう命令された」

頭が混乱した。理由には見当もつかない。

「なんで？　助教は何をしたかったんだ？」

「おれも知らない。もちろん助教からは『他言するな』って言われた。だけど黙ってると、どうしても」

渡部は自分の胸を指先でつついてみせた。

「ここがチクチク痛んでな」

おどけた仕草と口調だった。だが、仲間に本心からではない悪戯をしかけてしまったこと。それを渡部が真剣に悩んでいたらしいことは十分に窺(うかが)い知れた。

「別にいいって、あんなのは。もう気にしてない」

気になるのは尾凪の魂胆だ。いや、尾凪は意味不明の指示など学生に出さない。出すのは……。

隻眼(せきがん)の教官が、なぜか後ろ姿として頭の中に想像された。

そのとき誰かの足音が近づいてきた。渡部の背後に別のクラスメイトの顔が現れ、囁(ささや)くような声で告げる。

「若槻、風間教官がお呼びだぞ」

渡部をその場に放り出すようにして、若槻は教官室へ走った。

――おっと早くも心臓が早鐘(はやがね)のように鳴り出しました。膝が少し震えております。足が床についていないような気がしています……。

〝実況中継法〟は、またしても効果を上げないまま、若槻は教官室の前に立った。

ノックして入室すると、椅子に座った風間のそばには尾凪もいた。こちらは立ったまま控えている。

「お呼びでしょうか」

「たしかきみは」

そう切り出した風間の表情は比較的穏やかで、若槻は少しだけ肩から力を抜くことができた。

「兄さんからいじめられるのを阻止するためブラジリアン柔術を習った。そうだったな」

「はい」

「父親も警察官で、躾に厳しく、鉄拳制裁を受けることもあった、とも言ったな」

「ええ」

「ならば、わざわざブラジリアン柔術を習う必要があったか」

「……と、おっしゃいますと？」

「父親から兄さんを叱ってもらった方が早かっただろう、ということだよ」

「たしかに、いまにして思えば、教官のおっしゃるとおりかもしれません」

「そこで、わたしなりにきみの性格を分析してみた。どんなものか知りたいか」

「ええ。お聞かせ願えますか」

「いいだろう。――『我が身を守るため必死になりすぎるタイプ』。それがわたしの見立てだ」

頰が熱を帯びたのを感じた。自分でもその点は自覚していたため、見事に言い当てられると気まずい思いが強い。

「ところで、まだきみをちゃんと褒めていなかったな。例の通り魔事件だ。新米の警察官があのような状況に遭遇したらパニックに陥るのが普通だが、さすがに格闘技の黒帯だ。よく冷静に裸絞めをかけたな」

「教官のおかげです。直前に全員の見ている前で技の実演をやらせてもらえたことが、ちょうどいい予行演習となりまして、自然と体が動きました」

「そう言ってもらえれば、こちらとしても授業をした甲斐があったというものだ。――それにしても、あの緊迫した場面では、力の加減が難しかっただろうな。頸動脈や気道を絞めるのだから、一歩間違えれば相手を命の危険に晒すことにもなりかねない。とはいえ手を抜けば、こちらが反撃を受けてしまう」

「おっしゃるとおりです」

「ところで、学生たちに約束していることがあったな。裸絞めからどうやって逃げるか。その方法を教える、と」

「そうでしたね」

「その講師役は、きみではなくわたしが引き受けるつもりだ」

風間は椅子から立ち上がった。尾凪が一歩後ろへ退く。

「そういうわけだから、ここで一度、わたしも予行演習をしておきたい。今度はわたしに技をかけてもらえるか。手加減は無用だ」

「よろしいんですか」

「かまわんよ」風間は手を差し出してきた。「格闘技では礼を重んじるんだったな」

「そうです」

風間の手の平を握ってみた。指は長くて細めだが、内部にある骨はがっしりと太いようだ。

風間が背を向けてきた。

伝説的な元鬼刑事の体に触れる。それは尾凪のときとは段違いの緊張を強いられる行為だった。

若槻は風間の頸部に腕を回した。今回も双方、立ったままの状態だ。

「いいか、尾凪助教。抜け方の手順を説明する。注目してくれ」

神妙に頷く尾凪の顔が、風間の頭部の陰から覗き見えた。

「もし、このように極められたら、まず意識して首の筋肉を硬くする」

風間の頸部にぐわっと力がこもった。腕の感覚を通して伝わってきた筋肉の強靱さに一瞬、若槻は怯んだ。

「続いて、顎を相手の腕の内側へ無理やりねじ込んでいく。そうして少し楽になったら、右でも左でもいいが、どちらかの膝を曲げ、どちらかの肩を下げる」

風間は右の膝を曲げ、右の肩を下げた。

「つまり自分の体を、相手の体に対して斜めにずらす形にする。こうすれば、いままで自分の臀部の背後に隠れていた相手の股間が露わになる。そうしたら、肘を曲げ――」

どすっ、という鈍い音を聞いた。

同時に、筆舌に尽くしがたい痛みを下腹部に感じ、若槻は風間の首にかけた腕を思わず緩めてしまっていた。

「このように、相手の急所めがけて肘鉄を食らわすわけだ。――どうした、若槻。手加減するなと言っただろう」

目の前が白くなった。脳内で何かのスイッチが入ったのを感じる。自分の顔から表情が消えていくのがよく分かった。

若槻は腕に力をこめ直した。リミッターを外した力で風間の頸部を絞め上げ、体を密着させる。

だが、風間の膂力はこちらの想像をはるかに上回っていた。顎と鎖骨の力にはさまれ、逆に自分の腕が絞め上げられてしまっている。

いつの間にか体をずらされ、股間ががら空きになっていた。それに気づいたときには、

「もし一発で決まらなかったら、このように――」

風間の声とともに二発目の肘鉄を食らっていた。

今度はさらに体の深いところに到達する痛みだった。ただし、風間の肘が本当の急所を意識的に外していることはよく分かった。

たまらず風間の体を放し、教官室の床に蹲る。

「助教、理解できたか。これが裸絞めから逃れる一般的な方法だ」

「……ええ」

下腹部から痛みが引くまで、風間と尾凪の声は実際の半分ほどの音量でしか聞こえなかった。

「若槻、ご苦労だったな。大丈夫か」

「……はい」

床に手をつき、どうにか立ち上がる。

「話は変わるが」風間は机上に書類を置いた。「いま、これを読んでいたところだ。きみの報告書だよ」

何事もなかったかのように、風間は机上に重ねられた文書の束を、とん、と一つ指先で軽く叩いた。一昨日の煙ハウス体験を、各学生に文書として報告させたものだ。

風間はその束から一枚を抜き取り、差し出してきた。

「読んでくれ」

若槻は、まだ痛みの残る下腹部を庇うため、腰を前屈みにしながらそれを受け取った。

【通路の幅が狭く、まったく視界の利かない煙ハウス。そこは、子供のころ兄の手で閉じ込められた押し入れに似ていた。そのため怖い思いをした記憶がふとよみがえり、少々混乱してしまった場面もあったのだが、尾凪助教の励ましもあり、どうにか想定したとおりの訓練成果を出せた】

そう書いてあるとおり読み上げた。紛れもなく、これは自分が提出したものだ。

「わたしが常々、日記に嘘を書くなと指導していることはもちろん知っているな」

「……はい」

「日記にかぎらず、あらゆる報告書についても、どこまでも正確に書けと教えているはずだ。そうだな」

「ええ」

文書の正確さに対する風間の拘りは、どの学生もよく承知している。

返せ、というように風間の手がこちらへ伸びてくる。若槻はその手に紙を渡した。

「内容は本当に――」受け取った紙を机上に置き、風間は指先で紙面を軽く押さえた。「これで間違いないか」

「はい。間違いありません」

「それはおかしいな。わたしが尾凪助教から聞いた話と、少し違っているような気がするが」

「と、おっしゃいますと？」

「助教はきみが『パニックに陥った』と言っている。『少々混乱してしまった』といった程度ではなく」

　若槻はあからさまに落ち着きを失った。

「たしかに、慌てはしましたが、それほどでも……」

「姿勢を低くしたまま通り抜ける訓練のはずが、きみは思わず立ち上がってしまった、とも聞いている」

「はい、そのとおりです」

「ということは、【想定したとおりの訓練成果】は出せていないわけだ。つまり、きみは自分の失態を正確に報告していない」

　頭からさっと血の気が引いたせいで、軽く目眩がした。

「すみません。以後、気をつけます」

「いや、その必要はない」

「え？」

「若槻」風間は別の紙を一枚突き出してきた。「これに記入しろ」

　若槻はそれを受け取り、再び床に蹲った。書類の表題部には「退校願」とあり、膝から力が一気に抜けた。

6

【その節はたいへんお世話になりました。退校を命じられ、正直ほっとしました。やはりわたしは警察官に向いていなかったと思います。いまは格闘技の道に進むため、ブラジリアン柔術の道場へ通い直しているところです。風間教官にもよろしくお伝えください】

昨日届いた手紙を、尾凪は今日の昼休みも読み返した。

封筒を裏返してみる。

若槻栄斗。

文面もそうだが、差出人の文字もきちんと整っている。

そのとき懐で携帯電話が鳴った。かけてよこしたのは中林だった。B署にいる刑事で、顔見知りの相手だ。

「よう、元気か」

《おかげさまでな。——指導官に変わりはないよな》

束の間、考える時間を要した。「指導官」と言われても、誰を指しているのかすぐにはピンとこなかったからだ。

「ああ。風間教官ならいつもの調子だ」

《安心した》

「だけど、おかげでこっちは胃が痛くなる毎日だぞ。——で、用事はなんだ」

《ちょっと知らせておきたいことがあって電話した》

「いい知らせだろうな」

《岩瀬が頸椎の治療を終えたんで、このたび正式に逮捕されたよ》

岩瀬——若槻が捕まえた通り魔だ。あの男のことなど、すっかり忘れていた。

たしか、やつは以前にも職質を受け、そのときは耳が聞こえないふりをして逃げたはずだ。耳が聞こえないふりをして……。

そこまで考えた瞬間、尾凪は思わず椅子から立ち上がっていた。

《そっちのルーキーはどうしてる。いまも元気でやってるか？　ＢＪの使い手のあいつは》

そんなことを相手は訊いてきたが、うわの空でうやむやな返事をし、通話を切った。

通り魔を捕まえたときの報告書を読み返してから、風間を探す。

その姿は花壇の前にあった。如雨露で紫陽花（あじさい）に水をやっている。

気がつくと手には若槻からの手紙を握ったままだった。その紙面をさすりながら尾凪は言った。

「やっと答えが分かりました」

「何の答えだ」

「以前、体育館で事件再現の授業をされましたね。あのとき教官は、『あからさまに事実と違う点がある』とおっしゃいました。それが何なのか分かりました」

「ほう、やっとか」

「はい。――若槻の声です。再現では、彼は叫びながら犯人役の学生に向かっていきました」

――おらぁっ。

体育館の天井に木霊した若槻の声は、はっきりと耳に残っている。

「しかし、実際の現場では違いました」

若槻は、一言も声を発することなく岩瀬に突進していったのだ。

そしてそのとおり、【若槻巡査は声を上げる余裕もなく突進していった】と自分も報告し、それが記録文書となって残っている。

尾凪はそのまま風間の近くに留まり続けた。

耳に届くのは如雨露の水音だけだ。

風間がわずかに首を斜め後ろに捻ったのは、ややしてからだった。「まだ言いたいことがあるのか」

「はい。考えてみると、無言の突進は奇妙です」

「どんなふうに」

「先日、消防学校へ行く途中、渡部を協力者に使い、教官のご指示どおり、若槻を走らせてみました。若槻は激昂しやすい性格で、あのときも大きな怒声を発して渡部を追いかけました」

「その報告はすでに受けている」

「ですから」風間の返事を半ば無視するように、思い切って尾凪は声を強めた。「黙って突進していく、というのはあいつの性格からして、普通ならありえません」

ではいったいなぜ、あのとき若槻は無言だったのか。

「消防学校の煙ハウスの中でも、教官のご命令どおり、いったんわざと彼を孤立させ、軽いパニック状態へと導きました」

その際、若槻がどんな表情をするかよく観察しておけ、というのが風間の指示だった。

「あのときの顔は、若槻が通り魔を捕まえたときとは違っていました。誰もが怯えているときに見せる表情でした」

「その報告もすでに受けている」

如雨露の先が、紫陽花からその隣にある千日紅の一群へと移った。

「実は、この一週間、わたしはずっと疑問を抱えていました」

自分の失態を過小に報告した。ただそれだけのことで風間は若槻に退校を命じ、本人もそれに従った。しかも若槻は手紙で「これでよかった」とまで言っている。

なぜだ。新米のうちから早くもあれだけの手柄を立て、将来を嘱望されていたのに。

煙ハウスの報告書。風間は文書に厳しいが、あそこまで些細なことで退校を命じるものだろうか。『少々混乱してしまった』は〝言葉の綾〟というもので、許容範囲内だろう。退校処分の理由としては弱すぎる。

解せない。自分の感知していないところで、何か起きていたような気がしてならなかった。

「もしかしたら」

いま胸中にある仮説を、風間に向かってぶつけてみようと決めた。

「若槻は、わたしが老人への道案内で目を離した隙に、冒険心から一人で誰かに職質をかけたのではないでしょうか」

風間が如雨露の角度を緩めたのか、水音が、ほんの少しだけ小さくなったような気がした。

「その相手が――岩瀬だったのでは」

岩瀬は例によって、聴覚障碍者のふりをして職務質問を避けようとした。そして新米の若槻は、その嘘を信じ込み、すんなりそれを許してしまったのではないか。

「犯行を固く決意している犯罪者は、たとえ職質を受けた直後でも、それを実行に移す場合がある。そのように教官はおっしゃいましたね」

あのときもそうだったのだ。若槻に職質を受けた直後だったが、犯行を決意していた岩瀬は、それを実行に移した。

通報を受けて駆けつけ、犯人の姿を目にしたとき、若槻は愕然(がくぜん)としたに違いない。そこで子供を襲っているのは、たったいま自分が見逃した相手だったからだ。

だから若槻は、止まれの命令を無視して猛然と駆け出した。

ただし、相手を聴覚障碍者だと思い込んでいたため、声は出さなかった。

通り魔に組みついた若槻は、ブラジリアン柔術の技で首を絞めた。

——怖くて夢中でした。

そう証言したが、嘘だ。あれは恐怖の顔ではない。

若槻が恐怖を感じたとき、どんな顔をするのかは、煙ハウスの実験でよく分かっている。

犯人の首を絞めているときの若槻の表情は、あれとはまるで違っていた。

いまならはっきりと思い出せる。岩瀬を絞めたとき、彼の顔は白紙に近かった。そこには表情と呼べるものがなかった。あの顔は言ってみればデスマスクだった。

——こいつを黙らせなければ、自分の失態が露見してしまう。

そう考えたがゆえに、現れた顔に違いない。

つまり岩瀬を絞め上げたのは、逮捕するためではない。口を封じるためだ。

そう、なかば無意識のうちにではあるのだろうが、殺そうとしていたのではないか。完全に口を封じるには、そうするしかない。

そのように考えれば、たしかに警察官には向いていない男だった。誰しも自分の失態を隠そうとするものだろうが、人の命を奪おうとまでした点は断じて見過ごせない。
風間は、それを見抜いて辞めさせたのだ。
若槻はまた、仕留めきれなかった岩瀬の回復を恐れていたに違いない。そんな歪んだ憂慮から
も、いまは解放され、ようやく人心地を取り戻したところだろう。
「たしかに『自分の身を守るため必死になりすぎるタイプ』の若槻は、この学校にいるべき人間
ではないと思います」
だが、警察官への道が断たれたとしても、彼にはまだ格闘家としての将来がある。
――きみは保身のために、裸絞めで人を殺そうとしたな。
そのようにはっきりと指摘されたのでは、ブラジリアン柔術の技術までをも捨て去らなければ
ならなくなる。だから風間は、退校を促すにあたり、ほかの些末な事柄をその理由とした。いや、
若槻のために、してやったのだ。
もっとも、別の見方もできそうだ。
若槻の自制心を鍛え上げ、二度とデスマスクが出ないよう時間をかけて矯正してやるという手
もあったかもしれない。その選択肢をばっさりと切り捨て、警察には不要な人材と即断したとこ
ろに、この男の非情さが透けて見えたような気もする。
「気づくまでにずいぶん時間がかかったな、助教。果たしてきみも警察官に向いているかどうか」
辛辣な言葉を少しだけかき消すように、再び如雨露の音が高くなった。

第四話　隻眼の解剖医

1

窓を通してかすかに聞こえてきたのは、ジェットエンジンの排気音だった。近くの空を旅客機が通過していったらしい。

その音が完全にフェードアウトしたのを機に、尾凪尊彦はネクタイを緩めた。今日も朝から蒸し暑くてならない。薄い書類の束を団扇（うちわ）代わりに、ワイシャツの中に風を送り込む。

そうしてわずかばかりの涼を得ていると、

「近々出るかもしれんぞ」

隣席で、風間公親の声がした。

「出る?」尾凪は書類を机に戻した。「と言いますと、何がでしょうか」

「変死体だ」

尾凪は一瞬、返す言葉に詰まった。

「なぜそう思われるんです?」

風間は椅子から立ち上がった。窓際に行き、ガラス越しに空を見上げる。

尾凪はその傍らに立った。七月下旬の夕暮れに飛行機雲がたなびいている。白い筋はひたすら長く、そして形もかなりはっきりしていた。

「飛行機雲は天気予報に使える。もっと詳しく言えば、湿度計の代わりになる」

ジェット機が飛行機雲を残さなかったり、残してもすぐに消えてしまうようなら、上層の空気がかなり乾いている証拠だ。大気は安定していて、晴天が続く。

反対に、飛行機雲が長く残り、次第に幅を増して広がっていくようなら、湿度が高いことの証左となる——。

風間が口にした説明は、尾凪にとって初耳だった。

だとすると今晩あたり、たしかに変死体ありの通報があってもおかしくはない。

湿度が上がれば不快指数も高くなる。不快指数が高くなれば暴力犯罪や事故が起こりやすくなるのだ。この因果関係は精神医学的にもはっきり証明されている。

七月に入ってから、やけに湿度の高い日が何日もあった。この四週間ばかり、目立った事件が起きていないことの方が不思議とも言える。

「ちょっと掃除の点検をしてきます」

立ち上がったついでに少し体を動かしておこう。そう思った尾凪は、風間に断って教官室を出た。

本館は閑散としていた。学生たちはすでに清掃を終え、食堂で夕食を取っている最中だ。

エントランスの掲示板の前で、尾凪は立ち止まった。画鋲（がびょう）で留めてあったはずの紙が一枚、廊下に落ちていたからだ。

拾い上げたところ、紙の表題部には【司法解剖の見学実施について】とあった。

【初任科生（短期課程）の学生には、時期をみて司法解剖の見学に参加してもらう。

事の性質上、ほかの予定を急遽変更して実施される場合がある。この点を各自よく承知しておくように。
・予定時期　七月一日から卒業するまでの間。
・実施場所　Ｔ大学法医学教室。
・その他　見学時には不織布マスクを準備して持参のこと】
尾凪は小さく溜め息をついた。

司法解剖見学は、初任科の学生たちに、卒業するまで最低一回は課せられている必修の授業だ。できれば遠慮したいところだが、学校側は担任教官と助教にも参加を義務づけている。しかも助教に対しては、「Ｔ大学まで往復するにあたりマイクロバスの運転手を務めよ」とまで通達されていた。

去年の実施時期は八月の上旬だったと記憶している。たしか金曜日の三時限目、民法の授業が始まったばかりのタイミングだった。事務職員が教場内へやってきて、これから司法解剖がある旨を告げた。三時限目の頭――つまりちょうど昼食を終えたばかりだったから、その後が大変だった。目にしたものにショックを受けて嘔吐感を催した学生が、トイレの前に長い列を作り、Ｔ大法医学教室の廊下には、胃液の臭いが充満する次第となった。

画鋲の位置を変え、告知の用紙を掲示板に張り直してから、尾凪は外へ出た。

学生たちが掃除の手を抜いていないか、ゴミは落ちていないか、目を光らせながらグラウンドへと出ていく。

トラックを見やれば、そこにはランニング中の人影が一つあった。女子学生だ。この距離からでもそれが教え子の一人、初沢紬(はつさわつむぎ)であることが分かった。

コーナーを回って近づいてきた紬を、尾凪は呼び止めた。

速度を落とした紬が、肩を大きく上下させながら近づいてくる。

キャップの下で、前髪が額に張り付いていた。青いランニングパンツから伸びた足はよく日に焼け、すらりと長い。百七十五センチ。上背は女子では一番だ。

「おい、そんなに頑張ってどうする。夕食はまだなんだろ。いい加減にして、さっさと食堂に行け」

今週の日曜日には、校内の長距離走記録会が開催される。

最長の十キロメートル部門に出場する予定の紬が、男子学生に混じって上位入賞を目指していることは、風間教場の誰もが知っていた。そのため、ここ数日の放課後、猛練習に打ち込んでいることもだ。

「いいえ」

荒い息の下で紬は答え、キャップを取った。

「レースで勝つためには、食事制限をして計画的に体を作っていかなければなりません。今日は、ここでうんとカロリーを使わないと駄目なんです」

紬は、何事にも周到に準備をする性格だ。

「ですから、少し待っていただけませんか。あと三周したら、食べにいきますから」

「十キロ走の目標タイムは幾つだ？」

「四十三分ジャストです。それを切ることができたら、自分を褒めてやってもいいかなと思っています」

「じゃあ四十三分以内に飯を食ってから、また練習しろ。いいな」

「……分かりました」

紬が渋々ランニングを切り上げ、厚生棟の方へ去っていく。その背中に向かって、

「それから初沢」

尾凪は追い討ちの声をかけた。

「部屋の掃除をしておけよな。女子ではおまえのところが一番散らかっているぞ」

警察学校では男も女もない。それが一応の建前だから、ときには男性助教が女子寮の室内点検も行なう。

「お言葉を返すようですが『散らかっている』というのは心外です。わたしは、次に何が必要になるかを予想して、あらかじめ取り出しやすい場所に配置しているだけで――」

それ以上の口答えは許さん、の意味で尾凪は人差し指を立てた。紬が黙ったタイミングを見計らい、その指先を厚生棟の方へ向ける。

紬の背中を見送ってから再び歩きだしたものの、尾凪はすぐにまた足を止めた。

グラウンドをぐるりと囲ったフェンスには、東西南北の四か所に、人が出入りできるよう通用口が設けてある。

その一つ、西側にある通用口のすぐ外側に、立っている人影があった。

水色の半袖ワンピースを着た若い女だ。わりと大柄で、年齢は二十歳(はたち)前後か。

尾凪が思わず背後を振り返ったのは、その若い女の顔が、たったいま会ったばかりの紬にそっくりだったせいだ。

「あの、すみません。ここの先生の方ですか」

女がフェンス越しにかけてきた声は少しざらついていた。声質も紬と一緒だから、やはり姉妹と見て間違いはなさそうだ。

「そうですけど、何か御用かな」

「ここから中に入れていただけませんか」

通用口は頑丈な南京錠でロックされている。外側からは開けられない。

「申し訳ないが、部外者は立入禁止なんですよ」

「初沢紬という学生がここに在籍しているんですが、わたしはその」

「妹さんでしょう」

尾凪が言葉を引き継いでやると、それまで緊張気味だった女の表情がふと緩んだ。

「はい。タマキと言います」

女性でその名前なら「珠希」あたりか。いや、姉が漢字一文字だから、妹もそれに倣って「環」だろう。そう予想して確認してみたところ、案の定、「〝わ〟という字です」との返事があった。

「しかしね、いくら学生の親族でも、正式に手続きを踏んでもらわないと立ち入りは許可できないんです。そういう規則なんで」

「そこを何とかお願いできませんか。どうしても姉に話したいことがあるんです。携帯に電話したんですけど、さっぱり繋がらなくて。メールしても返事はありませんし」

基本的に、入学から卒業までの間、学生の携帯電話は学校側が預かる決まりになっている。所持できるのは教官が許可した期間だけだ。

「いまグラウンドを走っていたのが姉だったような気がしたんですけど、違いますか」

フェンスのすぐ外側は幅一メートルぐらいの芝生地だ。その向こう側が一般の歩道になっている。

環はいま芝生の上に立ち、フェンスにしがみつくように、金網に十本の指を引っ掛けている。金網を握る力の強さに、内心の焦りがよく表れていた。

——きみは自分の受け持っている学生をまるで理解していない。

ときどき風間から辛辣な言葉を投げつけられる。

彼の心情は分からないでもない。教官が育てなければならないのは学生だけではない。助教の育成もまた重要な責務の一つなのだ。こちらの仕事がふがいなければ、当然、きつい言葉で奮起を促したくもなろう。

一つの考えが頭に浮かんだ。明日あたりからしばらく携帯の所持を許可するよう、風間に進言してみようか。

それがいい。おれだって学生の心情を幾らかは理解している。少なくとも理解するよう努力はしている。そこを風間に認めてもらうにはいい機会だ。

「そうだよ。たしかに走っていたのはきみの姉さんだった。——そこまで言うなら、しかたないな」

ちょうど風間教場の男子学生が一人、近くを通りかかった。膨らんだゴミ袋を両手に持ち、集積所のある厚生棟の方へ足早に向かっていくところだ。

尾凪は彼に声をかけた。

「すまんが、ちょっと初沢をここへ呼んできてくれないか。いま厚生棟に入っていったばかりだから、入口で摑まるはずだ」

「分かりました」

男子学生が走っていくと、尾凪はまた環と向き合った。

「中に入れることはできませんが、フェンス越しの面会なら特別に許可しましょう。——申し遅れましたが、わたしは、きみのお姉さんを受け持っている教官で、尾凪という者です。まあ、正確には教官じゃなくて助教なんだけど」

「そうでしたか。姉がいつもお世話になっています」

環は両手を揃えて頭を下げた。斜め上の角度から見ると、姉妹の面差しはさらに似ていた。その辞儀の仕草もまた、紬が見せる身のこなしを彷彿させるものだった。姉妹の仲がずいぶん親密であることを感じつつ尾凪は訊ねた。「きみは大学生かな」

「はい。いま二年生です」

「歳は?」

「十九です」

「進路はもう決めてる?」

「まだですけど、姉を追いかけて警察へ、という道も考えています」

「そうしてくれると嬉しいね」

この妹は姉に似て芯がしっかりしているようだし、体力もありそうだ。戦力として期待できる。

「いまは夏休み中だよね。授業がないんでしょ。毎日どうしてるの？」

「コンビニでアルバイトをしています」

紬と環は、数年前に両親を交通事故で失っているという。入学して間もないころ、紬自身の口からそう聞いたことがあった。すると姉が寮生活をしているいま、この妹は独り暮らしか。

気がつけば、紬が駆け足ですぐそこまで戻ってきたところだった。

「タマちゃん、どうしたの」

キャップを取って尾凪に改めて挨拶をしつつ、紬は通用口のフェンス越しに妹に顔を近づけた。

二人は尾凪の方を気にしながら、ひそひそと話をし始める。

別に聞き耳を立てたわけではないが、環の言葉の断片が一つ、尾凪の耳に届いた。

——友達がね……。

聞き違いでなければ、環はそんな言葉を口にしたようだ。その際、嫌そうに表情を歪めたところを見ると、「友達」は普通の意味でのそれではなく、皮肉をこめた符丁なのかもしれなかった。

ともあれ、二人の表情から察するに、どうも深刻な内容らしい。尾凪が遠慮してその場を離れようとしたとき、紬が言った。

「助教、待ってください。一つお願いがあります。いまここで護身術の相手をしてもらえませんか」

「なんだと」

「お願いします」

「お願いします」

姉妹が同じタイミングで口を揃える。よく似た声のせいで、一人だけが喋ったようでもあった。

「万が一の場合に備えて、妹にも身を守る術を教えておきたいんです。警察官の身内が、誰かに襲われて怪我をしてもサマになりませんから」

強引な理由づけまでして紬が頼み込んできたところをみると、やはりのっぴきならない事情があるようだ。

「分かった。で、どうすりゃいいんだ」

「わたしに抱きついてきてもらえますか」

なんだと。同じ言葉を繰り返しそうになる。すぐに、これはただの演技だと思い返し、両手を紬の方へ伸ばしながら近づいていった。

「タマちゃん、よく見ててよ。尾凪助教ぐらい大きな男の人が相手でも、一発で気絶させられる方法があるの。いい？　こうして――」

尾凪の手が肩に触れる直前、紬は、こちらの首筋に向かって手刀を振るうふりをしてみせた。

「こんなふうに、頸動脈を目がけて、思いきり手刀で水平打ちを連打するわけ。すると相手は貧血に似た状態になる。だから、どんなに頑強な男でも必ず倒れる」

「そう。このあたりだ」

尾凪は首の真横を指差して見せた。

「ただし、一般人にいきなり手刀を振るえと言っても無理がある。すぐにできる人なんてそうそういないぞ。それに、やみくもに振り回したチョップが喉ぼとけに当たって、相手を死亡させてしまったケースもあるしな」

尾凪が続けると、紬も環も頷いた。

「じゃあタマちゃん、もっと現実的な方法を教えてあげる。――尾凪助教、もう一度お願いします」

尾凪が再び腕を前に伸ばして体に触れるふりをしたところ、紬は今度、その手に噛みつく真似をしてみせた。

「やっぱりこのあたりが一番実践的でしょうね」

「そうだな。襲われた人が咄嗟にできる反撃ってのは、だいたいその程度だ。でもな、痴漢に噛みついた女性が歯を折ってしまった事例だって、おれは知っているぞ」

いつの間にか、すっかり指導に熱が入っている自分を感じた。教官という仕事は、実はおれにかなり向いているのではないか……。

そんな思いも抱きつつ、

「二人とも、あれを見てみろ」

尾凪は立てた人差し指を上空に向けた。

だいぶ輪郭がぼんやりしてきたとはいえ、先ほどの飛行機雲は、暮れなずむ西空にいまだ浮かんでいる。

「飛行機雲が消えないってのは、湿度が高い証拠だ」

風間の受け売りだが、さも昔から自分が知っていたかのような口ぶりで話す。

「今晩あたり変死体が出るかもしれんぞ。湿度が高いときは犯罪が起きやすいからな。妹さん、きみのような若い女性なんか特に危険だ。だから、実践的かつ歯も折れずに済む護身術を一つ伝授してあげよう」

尾凪は紬の前を離れ、フェンスの方へ近づいた。

「腕を出してごらん」

金網の隙間から、環が腕を入れてくる。体格がいいため、この年代の女性にしてはけっこう太い。案の定、肘までは入り切らず、前腕の途中でつかえた。

「これでいいですか」

「ああ、結構。——失礼するよ。もし誰かに襲われたら、そいつの手をこうしてやればいい」

尾凪は差し出された手首をつかみ、環の側から見て手前の方へ折り曲げた。

「失礼ですが、先生、あんまり効果があるように思えませんけど」

そう言う環の表情に悪びれたところはない。思ったことをそのまま口に出す性格のようだ。

「じゃあ本気を出してもいいかな」

「どうぞ」

もう少し力を入れて手首を折り曲げてやると、

「痛っ」

顔をしかめて環はしゃがみ込んだ。芝生の上に両方の膝をつき、痛みから逃れようとする。

「すまんね。——まあ、こんなふうに関節を攻撃してやれば、非力な女性でも大の男を転ばすことができる。その隙に走って逃げればいい」

ワンピースについた芝を払いながら、環は立ち上がった。

「これは使えそうな技ですね。勉強になりました」

「ただし、これをやるとだな」

尾凪は右手の五指を鉤(かぎ)のように折り曲げた。その指先を左手の甲に、がぶっと食い込ませてみせる。

「こんなふうに、きみの方が痴漢に手を嚙まれるおそれがある。その点は十分に注意が必要だぞ」

「覚えておきます。尾凪先生、ありがとうございました。では失礼します」

一礼して環が去っていく。

その後ろ姿をフェンス越しに見送ったあと、尾凪は紬に向き直った。

「『友達』って誰のことだ」

紬の目に不審の色が浮かんだ。

「いや、さっき耳に届いたんだよ。盗み聞きしたわけじゃない」

「そうですか」

しばらく俯(うつむ)いて言い淀(よど)んでいた紬だが、やがて顔を上げた。

「友達というのは、妹の隣人のことです。環がいま住んでいるアパートの二階に引っ越したとき、その人のところに挨拶に行ったんです」

最初は愛想がよかったという。

――友達になってもらえますか。遊びにきてくださいね。

そうにこやかに応じてきたらしい。

もちろんです、と環は答えた。社交辞令で誰でもそう言う。

ところが、隣人は普通ではなかった。一か月ほどして再び顔を合わせたとき、環はその女から、「どうして遊びに来てくれないの」と、悲しそうに言われたそうだ。

以来、大家を通してクレームが伝えられる、向こう側から壁を叩かれる、などの嫌がらせを受けるようになったという。

「そりゃあ、またえらい〝友達〟に出会っちまったもんだな」

この言葉は、やはり皮肉をこめた符丁だったようだ。

「いったい何が気に障ったんだろうな」

「妹に恋人ができて、その彼氏を部屋に招くようになったことが原因みたいです」

腑に落ちて、思わず尾凪は二度も頷いていた。

「それでも、いままでは暴力を受けることだけはありませんでした。でも先日、ついにその女から腕を引っ張られるということがあったらしいんです」

そこまで〝友達〟の行動がエスカレートしたということは……。たぶん環の方も、ただ恋人を部屋に上げただけではなく、その彼氏ともっと踏み込んだ行為に及び、コトの音声が壁越しに漏れ伝わってしまった、ということだろう。

「それで姉として、護身術の一つも指南しておこうと思い立った、というわけか」

「はい。本当にご面倒をおかけしました」

「気にするな。何かあったら、いつでも相談しろ」

2

アラームの音で初沢紬は目を開けた。

午前六時五分前。寝巻がわりのTシャツが、汗でべっとりと背中に張り付いている。

学校敷地の西端に建つ「さきがけ女子寮」は古い建物だ。部屋はパーティションで区切られた〝疑似個室〟だし、空調はセントラル方式だった。

昨晩など、年代もののクーラーの力が気温と湿度に追いつかず、なかなか寝つけなかった。

紬は寮から出て、グラウンドに行き、早朝の体操に参加した。

尾凪が現れたのは、それが終わりに差し掛かったころだった。白いプラスチックのストックケースを抱えている。中に入っているのは携帯電話の山だ。

「風間教官のお許しが出た。今日から使っていいぞ」

学生たちから歓声が上がる。

昨夕、フェンスの外で妹の訪問を受けた。あの出来事を尾凪が風間に伝えたことで、使用許可が出たのだろう。

「まずはいったん寮に戻って、携帯を部屋に置いてこい」尾凪が声を張った。「いじるのは自由時間になってからにしろ。置いたらすぐに食堂で朝飯だ」

ストックケースの前に学生たちが群がった。皆が先を争うようにして、自分の携帯を摑みとろうとし始める。

「いいか、入学当初にも言ったことだが、忘れているかもしれんから繰り返す。——この学校にいるあいだは、おまえらにはプライバシーなんぞないからな」

声を張り上げる助教に目をくれたのは、すでに自分の端末を手にした学生だけだった。そうでない者はいまだストックケース内を漁(あさ)るのに必死だ。

「携帯はいずれ不意討ちで回収するぞ。ちゃんと暗証番号を設定して、常にロックをかけておけよ。その程度の防犯意識もないんじゃ警察官失格だからな」

紬は寮に戻った。自室へ入る前に、掲示板に目をやった。

司法解剖の見学を実施する旨の告知が貼ってある。今月の初めから掲示されているものだ。時間で劣化したせいで、紙にヨレが生じてしまっている。

いや、それともこのヨレは湿気を吸ったせいか。デジタル式の腕時計に目をやれば、現在の湿度が七十パーセントと出ている。

湿度と犯罪発生は密接に関係していると授業で習った。昨夕は尾凪も同様の話を繰り返していた。

——今晩あたり変死体が出るかもしれんぞ。

もし助教が口にしたあの予想が当たっていたら、司法解剖の見学は今日行なわれることになるだろう。

実際の解剖を初めて目にした者は、ほとんど例外なく嘔吐感に襲われるという。だったら朝食はどうするべきか……。

そんなことを考えながら、携帯電話に四桁の暗証番号を打ち込んだ。４３００。以前は違う数字だったが、前回携帯を返してもらったときから験担ぎのつもりで、十キロ走の目標タイムに変更してある。

端末にはメッセージが何件か溜まっていた。すべて環からだ。最新のものは今日の未明、午前零時少し過ぎの着信だった。文面は短い。

【こっちに電話して】

紬はすぐに環に電話をかけた。応答はワンコール以内にあった。

《あれからまた友達と会っちゃったの。彼が帰るって言うから、外まで送っていったら、部屋の前で待ち伏せされちゃって――》

ここで突然、環の呼吸が激しくなった。

「タマちゃん、息を深く吐いて」

「今度は吸って」

妹が言われたとおりにする。受話器越しに聞こえてきた吐息には震えが混じっていた。

深呼吸を繰り返すと、いくらかは落ち着いたらしく、環は仕切り直しの咳払いを一つ挟んでから続けた。

《十分気をつけてたつもりだったけど、やっぱり壁越しに音があっちに聞こえてたみたい。それで、わたし、逃げようとしたんだけど――》

「うん」

《また腕を摑まれちゃって、すごく怖くなって……》

環の言い分を最後まで聞いたあと、紬は早口で、

「とりあえず何もしなくていいから。今日の夕方、また電話する」

それだけを伝えて通話を終え、走って厚生棟へ向かった。

朝食で皆が揃って「いただきます」をするのは特別な場合だけだ。普段は、先に食堂に入った者から、仲間の到着を待たずにどんどん食べ始める。

思ったとおり、今朝は遅れてきた者が多かった。尾凪が釘(くぎ)を刺したにもかかわらず、誰もが部屋に戻ると携帯電話に届いていたメールのチェックや返信に没頭したせいだろう。

紬は食堂には立ち寄らず、隣にある売店へと入った。そこでパック入りの野菜ジュースだけを買い、廊下の片隅でストローを吸ってから第三教場へ向かった。一時限目の授業は「地域警察」だ。

チャイムが鳴り、風間が尾凪を従えて入ってきた。尾凪はゴム製の模擬銃を手に持っている。

「初沢」

授業開始の礼を終えるなり風間は言った。

「前に出てきてくれないか」

返事をして立ち上がりつつ、紬はなぜ自分が指名されたのか疑問に思った。

警察学校の教官は、何かを教えるとき、よく学生を相手役にして実演してみせる。こういう場合の相手役はたいてい教場当番が務めるものだが、自分は今日の当番ではない。

教壇に上がると、風間はじっと視線を合わせてきた。

「いまきみは体調が悪いのか」

なぜかそんな質問をしてくる。

「いいえ。いたって健康です」

「ならいい。——ところで、きみは日曜日の長距離走記録会では上位を狙っているらしいな」

「はい」

「その目標に変わりはないか」

「ええ」

「きみは昨夕、妹さんの訪問を受けたと聞いた。そして尾凪助教の協力を得て、フェンス越しに護身術を授けたそうだな」

「そのとおりです」

「それはどういう事情なのか、詳しく説明してもらえるか」

「はい」

昨夕、グラウンドの隅で尾凪に説明した事情を、今度は教壇から、風間と仲間の学生たちに向かって話した。

「なるほど。よく分かった。状況は深刻なようだが、この場合どうすればいいかの答えは簡単だな。誰かに襲いかかられたときは、逃げるのが一番だ。それが難しいようなら防犯グッズを持つことだ」

「護身用のブザーなら持たせています。催涙スプレーとスタンガンも考えましたが、それらはやめました」

催涙スプレーは風の向きを把握していないと自分も被害を被ることがある。スタンガンは奪われてしまった場合、相手側の武器になる。だからあまりおすすめできない。そのように授業で教わっていた。

「ブザーだけでは心許ないか」

「はい。もっと言わせていただければ、護身術の本を開いてみますと、ヘアピン、バッグ、傘、道路に落ちている石など、手近にあるものをなんでも使え、と書いてあります」

「そうだな」

「ですが、わたしの経験から言えば、急に襲われたとき、頭からヘアピンを取ったり、落ちている石を拾う余裕はありません。バッグを持っていたとしても、振り回す前に落としてしまうのが普通です。妹に護身術を教えてやろうと思ったのは、万が一、逃げ切れなかった場合までを想定してのことです。いざというときは自分で自分の体を守ってもらうしかない、というのがわたしの考えです」

　ここで風間は目を光らせた。

「そこまで言うなら、きみ自身、護身の技術には自信があるんだろうな」

　その言葉が合図だったかのように、尾凪が模擬銃を風間に手渡した。すかさず風間は、それをこちらに向かって突きつけてくる。

「警察官なら、こんなふうに犯罪者に銃口を向けられることがある。この場合はたしかに、逃げるだけでは済まない。背後から撃たれるおそれがあるからな。――初沢、こうして銃を向けられてどう思う。怖いか」

「怖くないと言えば嘘になりますが、命の危険はそれほど感じません」

「ほう、なぜだ」

「犯罪に使われる拳銃は圧倒的に三十八口径程度が多いからです。その模擬銃もそうですし。それだと防弾チョッキで完全に止めることができますから」

「では撃たれるままにするか」

「いいえ。制圧を試みます」

「ならばやってみろ」

こちらと風間の距離は一メートルほどだった。

紬は銃口を見つめながらホールドアップの姿勢を取った。耳の高さぐらいに両手を上げる。それ以上高く上げると反撃のタイミングを外してしまうから要注意だ。

相手に発砲する意思が見られたら、すかさず片手で銃を掴むと同時に銃口から体をそらせばいい——。

息を止め、素早く片手を前に出し、風間の持った模擬銃を奪い取った。

「護身術の授業内容をよく覚えていた点は褒めてやろう。しかし動きが遅いな。そんなことでは撃たれてしまうぞ。もう一度やってみろ」

奪った模擬銃を風間に返した。

風間がそれを再びこちらへ突きつけてくるのを待ち、またホールドアップの姿勢から掴み取る。

その動きを十回ばかり繰り返させられた。

「まだ合格とは言えないが、まあ、いいだろう。ご苦労だった。席に戻ってくれ」

風間は全員の方を向いた。

「さて、いま実演してみせた訓練は、たしかにいざというとき役に立つ。だが、これを繰り返し練習することには、一つ大きな問題がある。それは何だか分かるか」

挙手した者はいなかった。紬にも正解の見当はまるでつかない。

そのとき、教場のドアがノックされた。事務職員が入ってきて、風間の耳元に何事かを囁く。

風間が頷き、事務職員が出ていくのも待たずに言った。

「突然だが、ここでわたしの授業は中止だ。代わりに全員でT大学へ移動する。一時間後に司法解剖があるそうだ」

3

マイクロバスのハンドルを握る手が、嫌な汗で軽く滑った。

解剖見学がこんなに早く実現するとは、予想外もいいところだ。

「助教、だいぶ緊張しているようだな」

運転席の斜め後ろ――左列の最前席に座った風間が涼し気な顔で声をかけてくる。

「いいえ。まさか」

もちろん嘘だった。喉元にまで胃液がせり上がってきている。そんな感覚に早くも襲われ始めていた。

「そう硬くなるな。昔のヨーロッパでは、解剖見学は娯楽の一つだったらしいぞ」

――悪趣味な講義なら学生相手にやってくださいよ。

内心で辟易していると、

「えっ、そうなんですか」

案の定、風間の近くに座った学生たちが話を聞きつけ、食いついてきた。

「では、もしかして、デートコースの一つでもあったわけですか」

興味津々の表情でそう風間に質問をぶつけたのは、男子学生の氏原だった。

「いまきみは当てずっぽうで言ったのかもしれんが、実はそのとおりだ。おまけに、恋人へ人体解剖図をプレゼントするという行為も珍しくなかった」

「うええ」

学生たちは歓声を上げて盛り上がっている。そんな彼らを、尾凪は少々哀れに思った。数十分後には、その笑顔がすっかり強張っていることだろう。

T大学までの所要時間は二十分ほどだった。

解剖学教室の係員に案内され、大学本館一階の北側にある解剖準備室へと通される。

日当たりの悪いその部屋を見渡すと、まず目に飛び込んできたのは壁に吊るされた何着もの白衣だった。その下には黒いゴム長靴がずらりと並んでいる。

奥の壁際に置いてあるのはデジタル式の体重計だ。

「これを使ってご遺体の体重を測るんですよ、棺桶ごと」

説明しつつ係員は隣接する解剖室の扉を開けた。

準備してきた不織布のマスクを着用してから室内へと足を踏み入れる。

だいぶ広めに作ってある部屋だが、それでも三十名を超える学生たち全員が入れば、さすがに窮屈でしょうがない。

遺体は、部屋の中央にあった。大理石で作られた解剖台の上に、仰向け（あおむ）に寝かされた状態になっている。全裸だ。

顔には白布がかけられているが、体を見れば女だと分かる。

死後硬直のため、両腕が斜め上に向かって浮き上がっていた。膝も立っている。

これから解剖されるのは、昨晩に死亡したとみられる中年の女性だった。今日の未明、牛乳の配達人が市内にあるアパートの外階段下で発見し、警察に届けたという。

尾凪は先月、学生たちが受けた法医学の授業を覗いてみた。そのとき聞いた話によれば、昨年までは解剖医が不足していたせいで、変死体の発見から司法解剖まで数日を要することがざらにあったようだ。

だが現在では、T大学の法医学教室には経験豊富な教授が着任しているため、未明のうちに変死体が見つかれば、その日の午前中には確実に解剖が行なわれるようになったという。

「死者に対して礼を失することは、決してないようにお願いします」

係員からそのように注意を受けていたため、誰も雑談一つすることなく開始を静かに待っている。

やや してから白衣姿の解剖医と助手が入室してきた。そして警察官も一人。これは立ち会いを務める県警本部の鑑識課員だ。

全員が死者に向かって合掌したあと、医学部の教授でもある解剖医が、遺体の顔から白布を取り去った。

尾凪は学生たちの後ろに立ち、遺体に目を凝らした。

頭髪には白髪が混じっていた。体格は痩せ型。顔は無傷だが、表情には険しさが見てとれる。頬に血の気はなく、透明に近いほど蒼白だった。

解剖医は遺体の頭付近に立った。

「メスで切る前に外側から観察します。——この遺体の場合は、後頭部に出血が見られますね」

続いて解剖医はラテックスの手袋を嵌めた指を使って目蓋を開き、目の具合を調べた。

「眼球には出血がありません」

そして鼻の穴を指で広げ、内部をペンライトで照らす。

「鼻腔内も異常なし」

解剖医は遺体の横に移動した。斜めに浮き上がっている腕を取り、無理やり伸ばしにかかる。

「すでに硬直しています。右の手首には圧痕のようなものが見えますね」

続いて遺体を持ち上げ、背中側を観察していく。

「臀部にも目立った擦り傷があります」

解剖医の言葉を鑑識課員がノートに書きつけていく。

学生たちも熱心にメモを取る。

体表観察を終え、遺体を仰向けの状態に戻すと、解剖医はメスを手にした。

「これからが本番です」

言うなり、刃を下に向けて遺体の下腹部に刺し、一気に首の方へと皮膚を切り裂いた。

腹腔内圧のため、内臓が外に飛び出すような形で剝き出しになる。

異様な臭気が部屋中に漂い始めた。

この時点で、学生の中から一人またひとりと、マスクの口元を押さえながらトイレに駆け込む者が出てきた。

そもそも心臓は止まっているし、死後時間が経ってすでに凝固しているせいもあるのだろう、遺体からは血液がほとんど流れなかった。

解剖医は肋骨を鋸のような器具で次々と折って取り出し、遺体の傍らに置いていった。それが終わると、胸のあたりから灰色の大きな臓器を取り出した。肺だ。その重量を助手が慣れた手つきで計測していく。

内臓の取り出しと計量、そして観察が終わると、解剖医はもう一度、頭の方へ移動した。耳のつけ根にメスの先をあてがい、うなじに横線を引くようにして反対側の耳まで躊躇なく切開するや、その切れ目に指を入れ、頭の皮を顔の前面へ向けて捲り始める。

解剖医の手は、前方に捲った頭皮の、元はといえばうなじの部分だった箇所を、顎の先へと器用に引っかけた。

この時点で、学生たちの大半はもう解剖室から姿を消していた。いまごろ廊下には胃液の臭いが充満していることだろう。

次に解剖医が手にしたのは小型の電動鋸だった。スイッチを入れ、頭蓋骨を輪切りにしていく。硬膜に覆われた脳が見えた。その前部は鈍い朱色に染まっている。

「前頭葉に出血あり」

助手に告げたあと、解剖医は学生たちを見渡した。

「脳幹部に傷があれば即死と考えられます。脳幹部というのは脳の付け根の部分で、呼吸や循環といった体の大事な働きを司る部分です」

その脳幹部を見るため、解剖医は大きなヘラのような器具を手にし、それを使って脳を脊髄から切り離した。

助手が天秤ばかりやスケールで脳の重さとサイズを計測しているそばで、解剖医は空になった頭の中を覗き込んでいる。

学生たちの手前、尾凪は必死に吐き気をこらえていたが、ここでついに我慢の限界が訪れた。

――申し訳ありません、失礼します。

涙目で風間に断り、トイレに駆け込んだ。今朝食べたものをほとんど全部、胃袋から外へ出す。

解剖室へ戻る足取りが、どうしてもふらついてならなかった。

尾凪が見たところ、開始から一度も外に出ない者が二人だけいた。

一人は風間。

もう一人は初沢紬だ。

風間は分かるが、紬の胆力には驚くばかりだ。

いや、注意深く見てみると、紬の上半身は頻繁にビクンビクンと動いている。えずいているのだ、ほかの学生と同じように。

マスクの下では嘔吐しているらしい。ただ、吐き出すものがないようだ。胃の中が空なのだろう。

そう言えば、紬は今朝、食堂に姿を見せなかった。してみると、昨夕の話を真に受けたと見える。今晩あたり変死体が出るかもしれんぞ。軽い気持ちでこっちが口にしたあの話をだ。

この見学を予想し、今朝は食事を抜いたらしい。準備万端の性格が功を奏したわけだ。

そうこうするうちに解剖は終わった。所要時間は二時間ほどだった。

風間の目配せを受け、尾凪はいったん廊下に出た。そこに置かれた長椅子で休んでいる学生たちに手招きをする。

「終わったぞ。最後ぐらい教授の話を聞いておけ」

学生たちが再び室内にそろったところで、解剖医は言った。

「尻餅をつくかたちで転倒し、硬い地面に後頭部を強打したための前頭葉出血。それが死因のようです。なぜ後ろを打って前が出血するのかといえば、脳は液体が満たされた水槽に浮いているような状態にあるからです。こういう現象を反動損傷と言います。死因ははっきりしましたが、他殺であるかどうかまでは断定できません。手首の圧痕に関しても詳細は不明です。ただ、これが転倒と関係しているだろうことは十分に考えられます」

帰校中の車内は、往路と違い、みなが解剖で受けたショックを引きずっていたため、まるで通夜のように静かだった。

信号待ちをしているあいだ、尾凪はバックミラーで学生たちの様子を見やった。

疲れと精神的なダメージのせいで、目を閉じている者が大半だった。

4

今日は木曜日だからアルバイトはオフだ。この時間なら妹は家にいるはずだった。

夕方の清掃を終えていったん寮の自室に戻ると、紬は携帯で環へ電話し、午前中に司法解剖を見学してきたことを伝えた。

その後、食堂へ足を運んだ。

食券を買う前にざっと見渡してみたところ、風間教場の仲間たちの数は十四、五人といったところか。ほかは姿を見せなかった。

プレートを前にして着席している学生にしても、ちゃんと箸を口に運んでいる者はほとんどいない。

——おまえら、昼はしょうがないとして、夕食はちゃんと腹に入れとけよ。

バスを降りたときそう発破をかけた尾凪は、学生たちと一緒に夕食を取ることが多いのだが、やはり今日は現れない。言い出しっぺのくせに逃げたらしい。

紬は、食券を買おうとして迷った。

今日は炭水化物を多く含んでいる食べ物を摂らなければならない。だが、珍しく白米のメニューがなかった。主食は麺類だ。

そば、うどん、スパゲッティ。この三つのうち最も炭水化物が多いと言えるのはスパゲッティだろう。それを選ぶしかない。味付けはミートソース一択だ。解剖見学のあとでミンチ肉を使った料理を前にするのはさすがにつらいところだが、我慢するしかない。

カウンターで注文したものを受け取り、トレイを持って席に着くと、周囲で見ていた友人たちは目を瞠(みは)った。

——信じられない。どんな神経をしてんだ。

無言ながら、誰の顔にもそう書いてある。

反論するつもりはなかった。自分の目にだって、このプレートはいま、人間の臓物にしか見えないのだから。

ふと向かい側に人の気配を感じた。

「そこまで食欲があるのは、きみだけのようだな」

そう言いながら目の前に座ったのは風間だった。

「早いもので、あと二か月もすれば卒業式だ。それまでにはクラスの総代を決めねばならん。誰にするか迷っているが、初沢、きみは有力候補の一人と言っていい。あの解剖を最後まで見届けた胆力は相当だ。そのうえ食事まできっちりできるのだから、ますます肝っ魂が据わっているな。見上げたものだ」

「ありがとうございます。でも、今日の見学ではわたしも必死でした」

「その必死さを、わたしは褒めているわけだ。このうえ、日曜日の記録会で上位入賞を果たせたら、総代の座も夢ではないかもしれんぞ」

「そうなるように努力します」

「食事制限までして次の大会に臨んでいると尾凪助教から聞いているが、具体的にはどんな取り組みをしている?」

「ご存じとは思いますが、人間の体はエネルギーとして、糖質、脂質、蛋白質(たんぱくしつ)をこの順序で使っていきます」

「ほう。興味深い話だ。続けてくれ」

「そうした体の特性を生かすために、記録会の一週間ぐらい前から糖質はいっさい摂らないようにします。記録会が日曜日にあるとすれば、その前の週の日曜、月曜、火曜、水曜ぐらいは、米飯やパンや甘いものを避け、高蛋白高脂質の食事をします」

「たしかに、きみは昨日までの四日間、鳥もも、豚ロース、納豆、卵などを集中的に食べていたな」

思わず風間の顔を見据えていた。この教官が常に抜け目なく学生の挙動を観察していることは知っていたが、何を食べたかまで把握していたとは予想外だった。

「そうです。代わりに糖質は摂らないようにします。加えて、特に水曜日にはかなりきついトレーニングをして、いったん体のなかからグリコーゲンを全部追い出してしまいます。そうしてから、木曜日、金曜日に高糖質の食事をして一気にグリコーゲンを蓄積させます」

「なるほど」

「グリコーゲンは体内に入れてから使えるようになるまで、四十八時間から七十二時間ほどかかるため、土曜日に摂った栄養は翌日の試合には役に立ちません。そこで、土曜日は胃腸に負担をかけないために軽い食事にとどめておきます。こうしておけば、記録会のある日曜日に、エネルギーに変わりやすい糖質が体のなかに十分にある状態になります。最高のコンディションで本番に臨めるというわけです」

「よく考えてあるな」

そう応じたものの、風間は特段感心したふうでもない。

もっとも、いま伝えた内容は自分で見つけたのではなく、いわゆる「グリコーゲンローディング法」を体質に合わせて少しアレンジしただけのやり方だから、だいたいのところは風間も先刻承知だったのだろう。

食事を終えたあと、向かった先は寮の休憩室だった。

テレビを見たい。午後六時半、目当てはローカル局のニュース番組だ。

《今朝の未明、S町にあるアパートの建物前で、女性が死亡しているのが発見されました。この女性は町内に住む近田治江（ちかだはるえ）さん、四十一歳です》

近田治江という人物の顔写真が画面に映った。髪に白髪が混じっている。今日の午前中に司法解剖に付された遺体、あの顔と一致している。

報道によれば、治江はアパートで独り暮らしをしていたという。職業は会社員とだけ出ている。

テレビの画面には治江が映っていた。コンビニエンスストアの店内にいる姿で、映像は防犯カメラが捉えたものだった。治江の住むアパートの隣にある店だとアナウンサーが説明している。画面の隅に映り込んでいる日付と時刻の数字から、昨晩の午後十一時半に撮影されたものであることが分かった。

L字形の特徴的なレジに見覚えがある。ほかの店では滅多（めった）に見かけることのないこの内装からして、環がアルバイトをしている店に違いなかった。

《近田さんはアパートの外階段から転落したと見られており、警察は事故と事件の両面から捜査を進めています》

次のニュースに切り替わる前に、防犯カメラの映像はもう一度だけリプレイされた。

5

人気の絶えた教官室で、尾凪は火薬の破裂音を耳にした。

窓ガラス越しに聞こえたそれは、レースのスタートを告げる号砲だった。次の瞬間、わっと応援の歓声が湧き起こる。メイン競技の十キロメートル走が始まったらしい。

急いで処理しなければならない事務仕事がまだ残っているが、紬の走りも気になる。ちょっとグラウンドを見てくるかと思い、尾凪は椅子から腰を上げた。

教官室を出ていこうとして、だが、その前に足を止め、受話器を手にする。

中林の携帯番号を覚えていなかったためB署の刑事課にかけたが、幸いにも応答したのは目当ての中林本人だった。

「こっちのルーキーだがな」

若槻の二文字がすぐには頭に浮かばなかった。去っていった学生の名前をしっかり覚えていられないほど、ここでの毎日は慌ただしい。

「結局、やめちまったよ」

《そいつは残念だ》

「一応教えておこうと思って電話した。用件はそれだけだ」

《ありがとな》

「ついでに一つ訊いていいか」

《どうぞ》
「この前そっちから電話してきたとき、たしかこう言ったよな。『指導官に変わりはないか』って」
何気なく聞き流したが、中林が風間と一緒に仕事をしたことはなかったはずだ。開口一番、様子を気にするほどの関係なのだろうか。
《そうだったか?》
「確かに言った。あれは、どうしてだ」
《尾凪、おまえも刑事に向いているんじゃないか。そこが気になったとは、なかなか勘がいい》
中林は短い咳払いを一つ挟んだ。
《十崎って名前を知ってるよな。通称〝千枚通し〟だ》
「ああ」
《近ごろ、そいつが警察学校の周辺で目撃された》
「まさか」
《嘘なんか言ってどうする。十崎は指導官の居所を知ったたってことだよ。ったく本部は何をやってるんだか。春先の新聞に異動先を普通に載せちまっただろ、風間さんの分も。あれは致命的なミスだった》
それはともかく、だから指導官の様子が気になったんだよ。そう言って中林は電話を切ろうとした。
「ちょっと待った」ふと思い出し、尾凪は急いで付け加えた。「もう一つ教えてくれ。紙谷さんていう交番員を知っているか? カミはペーパーの紙で、下の名前は朋浩だ」

《知ってる。だけど交番員じゃないぞ》

「じゃ何だ」

《本部の刑事さ》

「……本当か」

《ああ。おれたちの一つ上の先輩で優秀な人だよ。何しろ風間道場を出た門下生の一人だからな。で、紙谷さんがどうした？》

「いや、ただ、この前ちょっと知り合ったんでな。どんな人だろうと思っただけだ」

本部の刑事で風間道場の門下生だと？　そのような人物が、なぜ交番に制服姿で勤務していたのか。風間は門下生に向かって「交番勤務からやり直せ」と言い放つことがあったようだが、実際にそうした憂き目に合っていたわけでは、まさかあるまいし……。

もう少し紙谷についての情報を引き出したいとも思ったが、話が長くなって紬のレースを見逃してもまずい。とりあえずいったん通話を終え、尾凪は教官室を後にした。

いま中林から聞いた話の影響だろう、グラウンドに出るまで、背後から誰かにつけられているような気がしてしょうがなかった。

長距離走記録会は、初任科短期課程、長期課程、初任補修科、専科など、いま警察学校に在籍している全学生が選手として参加する大きなイベントだ。

国旗掲揚台の近くに設けられた教職員用のテント席。そこで風間の後ろに座った尾凪は、レースの様子に目を向けた。

紬は、女子学生の中では先頭に位置している。そして男子学生を次々に追い抜いている最中だった。警察学校の授業やイベントでは、あらゆる点で男女に差を設けていない。このレースも両性混合形式だ。

やがて紬がゴールした。全体の八位。女子学生の中ではトップの成績だった。

「教官、一つ提案してよろしいでしょうか」

風間の声は喧騒の中でもよく通るが、こちらはそんなテクニックを持ち合わせてはいない。尾凪は風間の方へ向かって上体をぐっと傾けた。

「来週の金曜日には、初沢に講師を頼んで、今回の経験を踏まえた簡単なミニ講演をやってもらってはどうでしょう」

次のホームルームに何をするか。授業計画を立てておくのも、いま自分が抱えている仕事の一つだった。

風間の隻眼が急に温度を失ったように思えた。

「無理だろうな」

「そうですかね。やってくれると思いますが。あいつは何に対しても努力家ですよ」

紬の性格なら、きっと引き受けてくれるはずだ。

「きみは自分の受け持っている学生をまるで理解していない。初沢には断られるのがオチだ。保険として代役の講師を探しておくことだな」

以前にも何度か投げつけられたことのある言葉だが、このときばかりはなぜかいつもより腹が立ち、

「引き受けさせてみせますって」

思わず口調が荒くなった。

6

休み時間に紬はまた太腿(ふともも)を揉(も)んだ。

日曜の記録会ではいい走りができたが、さすがに酷く疲労してしまった。火曜日の今日になっても足の筋肉はだいぶ張っている。

もう無理をして高蛋白、高糖質の食事を摂る必要はない。本当は菜食のほうが好きなのだ。今日の昼間はシーザーサラダを主食の代わりにたくさん食べた。

食堂を出たところで、

「初沢、ちょっといいか」

背後から呼ばれた。尾凪の声だ。

「ちょっとこっちに来てくれ」

振り向くと、助教は手招きをしてきた。もっと距離を詰めろと言っている。

話を始める前に、尾凪は辺りを警戒する様子を見せた。風間の目を気にしているらしい。

「この前の日曜日はよくやった。たっぷり自分を褒めてやれ」

初沢の記録は目標タイムを十秒近く切っていた。

「ところで次のホームルームでミニ講演を企画しているんだが、どうだろう、一つおまえが講師をやってくれないか。今回のレースでどうやって好成績を収めたかについて話してほしい」

「分かりました。『計画的な食事と体力作り』といったようなテーマでいいんですね」

「そうだ。申し分ない。じゃあ頼むぞ。明後日あたり、もう少し詳しい打ち合わせをしよう。放課後はどうだ。何か用事があるか？」

「いいえ、特には」

「じゃあ、午後六時に外部講師の控え室に来てくれ」

あの部屋だったら、放課後なら空いているし、普段は施錠もされていない。

「承知しました」

午後からは風間の授業が行われた。

紬は今日も指名され、皆の前に立った。

「一昨日の長距離走記録会では、見事な力走を見せてくれたな。初沢、きみはクラスの誇りだ。担任教官としてわたしも鼻が高い」

「ありがとうございます」

「ところで、司法解剖の見学に割り込まれたため、前回の授業が中途半端になってしまったようだ。先週やったことを覚えているか」

「はい」

紬が頷くと、風間は再び模擬銃を手にした。

「では、あの訓練をもう一度やってみよう」

風間が構えた模擬銃を、紬はさっと奪った。

「よし、今度はだいぶ動きが素早くなったな」

「ありがとうございます。実は前回の授業のあと、もう一度この機会があると予想して、何度も部屋で練習してきました」

「なるほど。——尾凪助教はきみを『努力家』と評したが、わたしなら別の表現を使う。そうだな、『用意周到な性格』と言った方が正確だろう」

少し気になる物言いだった。

「では、今度はもっと本気になって訓練するため、相手を変えよう。——尾凪助教、頼む」

風間のいた位置に、今度は尾凪が立った。

妙ないでたちだ。助教は帽子にマスクで顔を隠している。制服ではなく怪しげなジャンパーを着込んでもいた。風間の命令でこういう格好をさせられたことが不満らしく、マスクの上から覗いた目には不機嫌の色が濃い。

「初沢、今度は訓練ではないと思え。目の前にいるのは尾凪助教ではない。本物の不審者だ。いいな」

気合を入れて頷いた。

尾凪が銃を突きつけてきた。紬はさっきと同じ要領で、それを素早く奪い取った。

そして銃を尾凪へ返した。

直後、

「待てっ」

風間の鋭い声が飛んできた。

「言っただろう。これは訓練ではない、とな。ならば犯人に武器を返すことはないはずだ。違うか」

紬は何も言い返せなかった。

「訓練の成果が、悪い形で自動化してしまい、体に染みついてしまうことがある。実際、犯人に突きつけられた銃を奪い取った警察官が、それをうっかり相手に返してしまった、という事例が海外で起きている。——初沢、わたしの言いたいことが分かるか」

風間が距離を詰めてきた。

「周到に準備をするのはいいが、しすぎると墓穴を掘る場合がある、ということだ」

風間の目が近距離からこちらを見据えている。

刃物の切っ先のような、冷え冷えとした眼光だった。

7

尾凪は外部講師の控え室へと急いだ。

紬と約束した時間は午後六時だが、本部に行く用事があったせいで十分ほど遅れてしまった。

「すまん。待たせたな」

ドアを開け、室内のソファに座っている女子学生に声をかけた直後、尾凪はその場に立ちすくんだ。

瞬きを重ねる。だが何度見ても、そこにいるのは紬ではない。よく似てはいるが、ソファに座っているのは微妙に違う人物だった。

「またお邪魔しています」

どこか沈んだ声で、その人物——環は言った。

そして環の横にはもう一人、別の誰かが座っている。

風間だ。彼は環の方へ軽く手を向けた。

「こちらは初沢の妹さんだ。——おっと、きみとはもう顔見知りだったな。これから警察署へ出向く用事があるらしいが、その前にせっかくだからと、ここを訪ねてきてくれたようだ。今度はフェンスではなく正面玄関からな。わたしが入ることを許可した」

「そうですか。しかし……」

肝心の紬はどうした？　なぜこの部屋にいない？

「妹さんは今日も話があるそうだ。ただし姉にではなくきみにな、尾凪助教」

はあ。間の抜けた返事しかできなかった。戸惑いを隠せないまま、とりあえず尾凪は環の向かい側に座った。

「それから」

風間は何か差し出してきた。丸みのある折り畳み式。色はベージュ。見覚えのある携帯の端末だった。

「これは初沢に返しておいてくれ。姉の方に」

尾凪がそれを受け取ると、風間は立ち上がった。

「わたしは花壇に水でもやってくる」

風間がいなくなって二人だけになるやいなや、環がじっと見つめてきた。

何やら思い詰めた様子に気圧(けお)され、尾凪はたまらず視線を外した。環の手に目立つ傷を見つけたのはそのときだった。

「怪我をしたのかい」

右手の甲。そこに細い瘡蓋(かさぶた)が走っている。二本だ。向かい合わせの形でどちらも緩く湾曲しているため、ちょうど文章で使う〝括弧〟のようにも見えている。先日会ったときにはなかったものだ。

「はい。ちょっと」

環は照れたような笑みを浮かべた。

「ところで尾凪先生。この前、フェンス越しに教えてくださった技を、今度はわたしにかけさせてもらえませんか」

「……別にいいけど」

訝(いぶか)りながらも、尾凪は右腕を環の方へ向かって伸ばしてやった。

「では失礼します」

環は両手でこちらの手首を摑むと、

「やり方は、たしかこうでしたよね」

躊躇することなく内側に折り曲げてきた。

かなりの痛みが走り、尾凪はたまらずソファから腰を浮かした。下手をすれば、もう少しで床に尻餅をついてしまうところだった。

「わたしは覚えがいいし、女にしては腕力も強い方なんです。ですから、尾凪先生はけっして自分にも責任があるなんて思わないでください。全部わたしのせいですから」

それだけを言うと、環は立ち上がった。

「では、これから警察署に行ってきます」

無理に元気を振り絞った声で言い、一つ会釈をしてから、環は部屋から出ていった。

尾凪はしばらくソファに座ったままでいた。いったいどういう事態が起きているのか。いま環が口にした言葉の意味は何だ……。

頭が混乱しているせいで、すぐには立ち上がれなかった。

部屋を出たときには、環がいなくなってから五分ほど経っていたと思う。

向かった先は女子寮だった。

紬の部屋の前に行き、ノックをした。

はい。返事はあったが、声に活力が籠もっていない。

「入るぞ」

紬は部屋の掃除をしていたようだ。衣類を片っ端からキャスターつきのバッグに詰めている。

その表情は硬かった。

「打ち合わせはどうした。待ってたんだがな」

「講師を引き受けることはできなくなりました。約束を破って申し訳ありません」

どうして。その質問をすることは憚(はばか)られた。紬の頬が濡(ぬ)れていることに気づいたからだ。

流れ落ちる涙を隠そうともせず、紬は、目覚まし時計、筆記用具、教科書と、普段使うものまでどんどんキャリーバッグに放り込んでいく。

「おい、ちょっと待てよ」

たしかにこの前「掃除しておけ」と注意をした。だが、ここまで整理しろと命じたつもりはない。

「もしかして」

尾凪はいま頭に浮かんでいる考えを、紬にぶつけてみることにした。

「〝友達〟ってのは、近田治江のことか」

「そうです」

やはりだった。

不明を恥じるしかない。友達という言葉から環と同年配の相手を想像してしまったせいで、それが変死体となって司法解剖に付された女である可能性に、いまのいままでまったく思い至らなかった。

苦い思いを味わいながら、尾凪は手首をさすった。見ると、さっき環に曲げられた部分が薄く紫色になっている。環の力は本人の言うとおり、予想以上に強かったようだ。

手首の痛みが増すに従い、脳裏で一つの思考が明確になりつつあった。

もしいま頭にある考えが間違いでなければ、明日の新聞にはこんな記事が載るだろう。

【近田治江さんが路上で死亡した事件で、未成年の女が所轄署に出頭した。女は「自分が階段から転落させて死なせた」と供述している】

未成年の女とはもちろん環だ。

昨晩もまた恋人を部屋に入れたのだろう。その彼氏が帰ったあと、アパートの二階で環は治江に絡まれた。治江がまた腕を摑むなどの行為に出たため、環は尾凪から授けられたばかりの技で対抗した。手首を折り曲げられ、たまらず膝をついた相手は、階段から転げ落ち、硬い路上で頭を打ち、いともあっけなく死んだ——。

そういうことではないのか。

ふいに紬は言った。「わたし、尾凪助教が気の毒です」

「どうして」

「だって、あんなに怖い人の下に毎日ついていなきゃいけないんですよ。わたしなら一日だって耐えられません」

あんなに怖い人。風間をそのように表現した紬を室内に残し、女子寮を出る。

次に向かった先は花壇だった。

こちらに背を向け、如雨露を手に千日紅へ水をやっている風間を目がけ、一直線に歩を進めた。

「教官のおっしゃるとおりでした」

風間が振り返った。

「初沢には、土壇場で断られました」

紬は講師をしない。それどころか彼女に会うのは先ほどで最後になるだろう。

いましがた紬がやっていた行為は部屋の掃除ではない。

寮からの退去だ。

紬は妹から犯行について教えられていたにもかかわらず、出頭を勧めるどころか、それを伏せておこうとしたのではないか。過剰防衛や過失致死ではあっても、親族が人を殺めたとあれば、もう警察組織の一員ではいられない。それを恐れてのこととは言え、紬の出した指示は犯人隠避に当たる。刑事指導官として鳴らした元鬼刑事が見過ごすはずがなかった。

迂闊（うかつ）だった。先週木曜日の朝、紬が野菜ジュースしか摂らなかったのは、解剖があると〝予想した〟からだと思い込んでいた。だが違った。

単に〝予想〟したのではなく、〝知っていた〟からだ。

妹からの知らせで、紬はあの日に司法解剖があることを知った。

紬にしてみれば、木曜日は朝食の段階から、記録会に備えて高糖質のメニューに切り替えなければならなかったはずだ。ただの予想なら、大事なレースを犠牲にしてまで、食事の計画を変更したりはすまい。

しかし、知っていたなら話は別だ。

環は手の甲に傷を作っていた。二本が向かい合わせでセットになった弓形の瘡蓋。

あれはどう見ても人間の歯形だ。

治江を撃退する際、噛みつかれたということだ。

相談を受けた紬は不安にかられた。環の皮膚組織が治江の口内から発見されはしないか。口の中でなければ、食道や胃から見つかるかもしれない。

その点を確認するために、解剖を最初から最後まで見届ける必要があった。

だからこそ、嘔吐感のせいで中座しないよう、胃の中身を空にしておかなければならなかった。

そのために朝食はジュースだけにしておいた。

環の皮膚組織は治江の口内から発見されなかった。だが、その用意周到さゆえに、紬は風間からすべてを見破られた。

――周到に準備をするのはいいが、しすぎると墓穴を掘る場合がある。

あの一言で、紬は見破られていることを悟ったのだろう。そして観念した。環に出頭を促し、自分は退校する道を選んだ。

「教官の仕事も解剖医とあまり変わらん」

そんなことを風間は言った。

学生の皮膚を切り、肉を捲り、臓腑(ぞうふ)の間に分け入り、体の奥深くに隠しているものを暴く。ときにはそうした仕事も必要だ、と言っているのだろう。当然、自分の内部も返り血を浴びどす黒く汚れるが、それも仕事のうちというわけだ。

尾凪は風間に向かって深々と頭を下げた。

「何をしている」

「お詫(わ)びをしています。先日、無礼な口をきいてしまったことに対して」

――引き受けさせてみせますって。

風間との付き合いは四か月になるが、その間、あれほどぞんざいな口をきいたのは初めてだった。

「その必要はない。謝る暇があったら、講師の代役を誰にするか考えることだ」

「わたしがやります。話のネタには困りません。苦労談なら山ほど持っていますから」

この言葉に風間はふっと頬を緩めたが、それも束(つか)の間(ま)のことで、すぐにまたこちらへ背を向けると、再び千日紅に向かって如雨露を傾け始めた。

第五話　冥(くら)い追跡

1

校舎周りの草むしりに取り掛かってすぐ、星谷舞美は後悔した。

布ではなくゴムの方を持ってくるんだった。

軍手のことだ。

今日も少し雨が降ったため、地面はややぬかるんでいた。おかげで簡単に根っこが抜ける。草むしりには最適なコンディションだ。ただし軍手の指が始終湿っている点は不快でならない。

備品倉庫まで走って取り替えてくるか。とはいえ、倉庫まではかなり距離があるから面倒だし……。

舞美は迷うのを止(や)めた。それどころではないと思ったからだ。

実は先ほどから、首筋の辺りに粘つくような視線を感じている。

あいつが近くにいるのだ。石黒亘(いしぐろわたる)が。

いま自分がしゃがんでいる場所の斜め後ろは花壇になっている。そこに植えられている千日紅やマリーゴールドの隙間を通して、あの男は、じっとこちらの様子を窺っているようだ。

「ねえ、亜衣ちゃん」

舞美は、石黒に聞こえるぐらいの大きな声で、そばにいた女子学生に声をかけた。

「野兎、っているでしょ」

「のうさぎ……って、これ？」

舞美が比較的懇意にしているその学生、井口亜衣は、泥のついた軍手を外した。そして両手を頭の上に持っていき、大きな耳を表現してみせる。

「そう、動物の兎。その野生バージョン」

「いるね」

前触れもなく妙な話題を振られて、亜衣はやや戸惑った様子だが、かまわず舞美は続けた。

「野兎が食べ物を探しに外へ出るじゃない。で、お腹を満たしたあとは、また巣穴に帰る。でも、まっすぐ穴に入ったら、居場所をつきとめられて敵の動物とか人間に捕まっちゃうかもしれない。でしょ？」

「うん、そうだね」

「そうならないように、野兎がどうやって用心しているか知ってる？」

「さあ……」

少しは興味を持ったらしく、亜衣はしゃがんだままこちらへ体の向きを変えた。

「考えたこともないな」

「じゃあ教えてあげる。その袋が巣穴だとするよ」

舞美は立ち上がって、二メートルほど手前を指差した。そこに雑草で膨らんだゴミ袋が置いてある。

それに向かって舞美は歩き始めた。

袋のすぐ横まで来てもそのまま通り過ぎ、さらに二メートルほど進んだところで足を止める。地面はぬかるんでいるから、振り返れば、そこには自分の足跡がはっきりと残っていた。

「まず、こうするわけ。つまり自分の巣に帰ってきても、敢えて穴には入らず、いったんそばを通り過ぎ、しばらく先まで行くの」

「うん、それで?」

舞美は首だけを左右に動かし、辺りを見回してみせた。

「で、こうやって周囲の様子を窺ってから――」

今度は後ろ向きに歩き始めた。ただし、いま残してきた自分の足跡に、ぴったりとシューズのソールを重ね合わせながらだ。

「こういう具合に、新しい足跡を残さないようにして、後ろ向きのまま巣穴の近くまでバックする。そして――」

ゴミ袋まで三十センチほどの位置に戻ったところで、舞美はぱっと斜め後ろにジャンプし、〝巣穴〟の真横に立ってみせた。

「ね、こんなふうに一足飛びに家の中に入ってしまうわけ」

ここで舞美は花壇の向こう側を意識しながら一際声を張り上げた。

「すると足跡をたよりに野兎を追ってきた敵は、獲物が急に空中に掻き消えたように思って、すっかり混乱してしまうって寸法」

「あ、なるほど」

亜衣の返事は、感心半分、当惑半分といった口調だった。話の内容には納得できた。だけどそこまで大きな声で喋らなくてもいいのに、と思っているようだ。

掃除の時間が終わり、舞美は雑草の詰まったゴミ袋を抱え、花壇の北側へ回ってみた。

石黒の姿は消えていた。

その場所にしゃがんでみると、思ったとおり、あいつのものに違いない足跡が残っていた。

ヒトデのような、いわゆるスター記号が幾つも並んでいる。名字に「星」が含まれているので、自分も以前、こういうソールの靴を探して手に入れたことがあったし、いまでも寮の自室に置いてある。

石黒……。まったく邪魔な男だ。

集積所にゴミ袋を置いてから、食堂に向かった。

アジフライ定食のプレートを持って席に着くと、すぐ横で同じ風間教場の男子学生が、

「食欲が出ねえ」

そうこぼしてから、こちらに上半身を傾けてきた。

「星谷先生、夏バテって、なんで起きるんですかね」

たしかこの学生とは同年代だが、いつも敬語を使ってくる。成績が上位の者ほど一目置かれるのはどこの世界も同じだろうが、警察学校ではそれが顕著だ。

「気温が高いから体温調節のために汗をかくでしょ、すると体内の水分も失われて塩分も少なく

なる」

「で、どうなるんです？」

「体内のナトリウム、塩素、カリウムがアンバランスになる。こうなると胃壁から出る塩酸も減って、消化酸素の分泌力も弱くなる。だから食欲を失うというわけ」

「さすがですね。やっぱり総代候補は違う」

「そんなことより、少し塩を使ってみたらどう？」

舞美はテーブルソルトの小壜（こびん）を手にし、相手が何か言う前に、皿の上にかけてやった。

「無理してでもちゃんと食べておかないと、今週は体がもたないよ」

先日、大雨が降り、近くの町で水害があった。そのため明後日（あさって）の八月三十日から、二日連続で復旧作業のボランティアに駆り出される予定になっている。

夕食を終えて廊下に出たとき、

「星谷」

名字を呼ばれた。振り返るまでもなく、声で担任教官だと分かる。

体の向きを変えて辞儀をしたところ、風間はふっと笑った。

「……どうしました？」

「ここへ赴任してきたばかりのとき、校長から一つ教えられたことがあったよ」

「どんなことでしょう」

「『卒業が近くなると、学生たち全員が同じ体型、同じ雰囲気になってくる』そうだ」

「それはよく言われますね」

この担任教官を前にすると、どうしても身が竦む。何しろ、教え子が少しでも妙な動きをすると徹底的に追及してくる性分なのだ。

「ああ。まったくそのとおりだと思ったよ。きみが星谷なのか別の女子学生なのか、後ろ姿を見ただけでは一瞬分からなかった」

「わたしも入校する前は、そう聞かされていました。警察学校という場所は同じような警察官を大量生産する工場みたいなところだ、と。たしかに、見た目に限って言えば、そのとおりかもしれません。ですが中身については、一人一人はかなり違います」

「たしかにな」

「ところで何か御用でしょうか」

「先ほど、草むしりをしながら野兎の話をしていたな」

どこで見ていたのだろう。若干の不気味さを覚えながら、はいと返事をする。

「あれにはいったいどういう意味がある？」

あの〝追われる者〟と〝追う者〟の話は、石黒に対する皮肉のつもりだった。

ずっとあいつに見られていて不快だったから、どこかへ行ってほしかった。そこで、自分を野兎に、石黒を捕食獣に譬え、やつに聞こえるよう大声で喋ってやったのだ。しつこく追っても無駄だ、と。

「特別な意味はありません。ほんの雑談のつもりでした」

風間を前にして隠し事をするには、それなりの勇気が必要だった。

「なるほど。——花壇の向こう側に石黒がいたな」

「……そうでしたか。気づきませんでした」

「きみの方へ視線を送っていたようだぞ。成績の上位を争う相手だ。気になるか」

「いいえ。別に」

「これは尾凪助教から教えてもらったことだが、昔、剛腕で鳴らしたプロ野球のベテラン投手がいた。ある新人が、そのピッチングフォームを完全に模倣することで急成長を遂げた例があるそうだ」

「警察官の世界も、それと同じだというわけですか」

「そう。石黒も向上心旺盛なやつだ。いい警察官に男女の違いはない。優秀なきみを観察し、真似をし、いろいろ学ぼうとしているんだろう」

「だとしたら光栄なことです」

「教官として言わせてもらえば、学生が学生を手本にして成長するのは、実に理想的なことだ。二人とも、遠慮なく競い合って実力をさらにアップさせてほしい」

「お言葉に沿えるよう努力します」

「もっとも、きみにしてみれば、追い上げられるのが不安かもしれんがな」

風間が踵を返した。その背に向かって一礼し、舞美は厚生棟を出た。

寮へ戻り、明日の予習をしているうちに、もう消灯時間になっていた。

さっきの草むしりで、外履きが汚れてしまった。きれいにするのが面倒だから、とりあえず別のものを下ろすか……。

クローゼットを開け、シューズの箱を取り出した。

男女兼用デザインのスニーカー。サイズは二十六センチ。裏返してみると、ソールには星のマークが並んでいる。

石黒が真似して履き始めたから、こっちは使うのを止めたシューズだった。

やはり足を入れる気にはなれそうにない。

箱に戻し、いま履いているシューズの泥を落とす作業にしばらく時間を使ってからベッドに入った。

寝入る前に、窓の方を見やる。

カーテンの丈が微妙に短いせいで、窓枠との間に隙間ができていた。これが以前はかなり気になったものだ。この部屋は一階だ。誰かに覗(のぞ)かれたりしないだろうか。ベランダの手すりに上れば、外から室内を窺えないこともないため、入校当初は気になってしょうがなかったのだ。

だが卒業も間近になったいま、そんな不安もまるで感じなくなっていた。

2

礼を終えて着席した教え子たちの顔を、尾凪は教壇の横から見渡してみた。

体調の悪い学生は、はっきりと様子が違ってくる。腹痛を抱えていれば、どうしたって体をくの字に曲げるし、発熱していれば、どこかぼんやりとした顔つきになる。疲労が重なるなどして体全体が苦しい場合は、目つきに余裕がなくなり、上半身を前に屈(かが)めるか、後ろに反り返るかするものだ。

成績を気にするあまり、体調不良を隠して授業を受けようとする者がいる。特に、担任教官である風間の授業――この「地域警察」では一度の欠席でも考査に大きく影響すると思っているらしく、無理をして出席する学生が、この五か月の間に何人かいた。

尾凪がざっと見たところ、幸い、明らかに体調不良の者はいないようだった。

ただし気持ちの鬱屈を覗かせている学生はいる。それも二人。

星谷舞美と石黒亘だ。

どちらも顔色は悪くない。だが、この二人だけは、ほかの学生に比べて表情に翳りが見て取れる。

もっとも石黒は元から陰気な男で、正直なところ見た目も冴えているとは言い難いため、ともすれば、あまり普段とは変わりがない。

問題は舞美だ。性格が明るくルックスもいいクラス一の優等生だから、顔が曇っていると、それがはっきりと傍目にも分かる。

教壇に立った風間も、ざっと教え子たちに視線を走らせたあと、こう言った。

「星谷と石黒。前に出てきてくれ」

やはりこの二人に異変を感じたらしい。授業を通して、表情にさした陰の正体を探るつもりでいるのではないか。風間らしいやり方だ。

舞美と石黒が席を立ち、教壇の方へとやって来た。

風間が二人を交互に見やって言う。「二人とも、昨夕の草むしりで疲れたか」

「別にそのようなことはありません」

舞美が答えたあと、石黒も沈んだ声で「いいえ」と応じた。

「ならいいが、ではもう少し背筋を伸ばしたらどうだ」

二人が姿勢を正した。

舞美は女子にしては大柄で、石黒は男子にしては小柄だ。こうして並んで立つと身長がほぼ同じだと分かる。どちらも百六十七、八センチといったところだ。

「星谷、きみは将来、警察でどういう仕事をしたい？」

「ストーカー被害の撲滅に尽力したいと思っています」

その声には切実な怒気が含まれているように感じられた。もしかしたら、自身か近しい知り合いが実際に不審者からつけ狙われるような被害にあったことがあるのかもしれない。

「そうか。しっかり頼むぞ。——石黒」

風間は石黒との距離をすっと詰めた。

「きみはどうだ」

「……まだ、決めていません」

「そうか、まあ焦ることはない。実際に現場に出てから見極めていっても決して遅くはないからな。——さて、二人に一つ質問しよう」

風間は再び石黒の前から離れた。

「きみたちが街頭にパトロールに出れば、不審な人物を見かけることもあるだろう。当然、職質をかけるわけだが、相手は口をつぐんだままだ。こういうケースは頻繁に起きる。そのときはどうすればいい？」

「相手の体を見ることではないでしょうか。特に手足の動きを」

すかさず舞美がそう答える。

「そのとおり。人間の体は口以上に雄弁だ。――さて二人とも、何も考えずに椅子に腰を下ろしてくれ」

風間は、教卓分の幅を隔てた形で舞美と石黒を向き合って座らせた。

「この二人の姿勢からだけでも、多くのことが読み取れる。まず、ここに注目してほしい」

風間は舞美の手元を指さした。

舞美は、一方の手で他方の手を握っている。

「このような場合には何を意味していることが多いか？　教科書ではどう教えている？　――石黒、分かるか」

石黒は少し考えてから答えた。「防衛を意味しているのだと思います」

「そうだ。被疑者がこういう姿勢を取った場合、警察官からの攻めを受けつけまいとして緊張している状態である場合が多い。――どうやら、星谷は石黒から身を守ろうとしているようだ。総代の座を明け渡すまいと警戒しているのかもしれんな」

学生たちの間に笑い声が起きる。当事者二人だけが、にこりともしなかった。

そう言えば、と尾凪はここでようやく気づいた。石黒と舞美は同じ大学の同じ学部を出ているはずだが、入校以来、この二人が親しくしているのを見たことがない。

「次はこっちだ」

風間の視線が、今度は石黒の手元の方へ行った。

石黒は両手を太腿（ふともも）の上に置いている。その指先は左右とも体の内側に向けられていた。

「これは何を意味する姿勢だと言われている？　星谷、分かるか」

「何かを正しく確信している、という場合のサインではないでしょうか」

「正解だ」

舞美は男女を通じて成績がトップだ。いま風間は冗談交じりに言及したが、実際に総代候補のナンバーワンと言っていい。

一方の石黒はと言えば、四月の入校当初は最下位クラスだったが、その後、じりじりと成績を上げてきた。

五月の末にはどん尻を脱し、六月には下の上に付けた。七月には真ん中ほど、そして八月の初旬に行なった考査では、ついに上位グループに入るに至った。

ひょっとするとだが、このままいけば舞美に次ぐ二位の成績で卒業できるかもしれない。

いや、もしかしたら、これもいま風間の言ったとおり、彼女を追い越して総代になる可能性だってなきにしもあらずだ。そんな相手を前にして、舞美はいま、きっと内心穏やかではないだろう。

ここで風間の視線が下を向いた。二人の足元を見たらしい。

気になったのは、このとき風間の頬に笑みらしきものが垣間見（かいまみ）えた点だった。

尾凪も風間の視線を追ってみた。

舞美の爪先は左右とも石黒を避けるように斜めに向いているが、石黒の方はそれをまっすぐ舞美の方へ向けている。

それだけだ。風間の表情に微笑をもたらしたものの正体が何なのか。そこまでは分からなかった。

　風間は二人を自席へ戻した。

「体の発する声なき声は侮れんぞ。一見したところでは確実性が低いようだが、わたしの経験から言えば、いま星谷と石黒が答えてくれたことは高確率で当たっている。犯罪者は、たとえ黙秘を貫いているとしても、実のところは早く自白して楽になりたがっているものだ。そういう場合は手や足が口の代わりに真実を物語る。そうした無言のメッセージを聞き逃すな」

　授業終了を告げるチャイムが鳴った。風間が退くのを待ち、尾凪は学生たちに向かって声を張った。

「明日からの予定は分かってるな。災害復旧のボランティアでＦ町に出掛けるぞ。マイクロバスは正面玄関につけておく。出発は午前九時きっかりだ。早く来たやつから乗って待ってろ。一秒でも遅れたら置いていくぞ。かなりきつい仕事になるからな。今晩はよく寝ておけよ」

　次の授業はＯＡ教室でパソコンの実習だ。学生たちが小走りに移動していく。

　その中から舞美が出てきて、こちらへ寄ってきた。

「尾凪助教、ちょっとご相談があります」

「どうした」

「実は、昨日の真夜中ごろなんですが」

　舞美は言葉を切り、顔を赤らめて下を向く。尾凪は腰を屈めるようにした。そうして、できるだけ目線を合わせることに努め、次の言葉を待つ。

「寮の部屋を……誰かに覗かれたみたいなんです」

「本当か」

また厄介な出来事が起こりやがったか。

頭を抱えたくなる気持ちをこらえ、訊いてみる。「風間教官には報告したのか」

「まだです」

やはりか。舞美は風間を怖がっているようだ。その反動だろうか、尾凪にはよく懐いている。

「で、その覗き魔の姿を見たか」

「いいえ。でも逃げるとき、庭にある小さな池が音を立てました」

舞美から話を聞いたあと、尾凪は女子寮へ向かった。

何より大事なのは、次の被害を食い止めることだろう。そのためには、さっさと犯人を突き止めるしかない。現場には足跡が残っているはずだ。それを手掛かりにして調べていけばいい……。

そう考えつつ門を潜り、庭へと足を進めていった。

だが現場を目にしたとたん、尾凪は思わず舌打ちを漏らしていた。

雨で地面はぬかるんでいるものの、女子寮の庭は池を除いて一面に芝生が張ってあるため、はっきりした足跡は採取できそうになかった。

引き上げようとして足を止めたのは、舞美の話を思い出したからだ。

たしか、池で水の音がしたと言っていたはずだ……。

3

今朝は少しばかり肌寒い。ジャージのファスナーを顎の近くまで引っ張り上げながら、舞美はマイクロバスのステップに足をかけた。

時刻は午前八時五十分を過ぎている。出発まであと十分もないのだが、座席に着いている学生はまだ四、五人しかいなかった。

持参したナップザックを肩から外し、運転席のすぐ後ろに腰を下ろした。

災害復旧のボランティアだ。また泥まみれの作業になる。しかも今度は草むしりとはわけが違って、全身をフルに使っての重労働になるだろう。

溜め息が出そうだったが、まあいいか、と思い直す。

卒業を控えたストレスのせいか、あまりよく眠れない日が続いていた。うんと体を疲れさせるのも、安眠を呼び込む一つの手かもしれない。

出発まであと三分を切ったころになって、ようやく学生たちが固まってどっと車内に押し寄せてきた。

最後に乗り込んできた尾凪が、各自に出席番号を言わせるやり方で点呼を取る。遅刻した者はいないようだ。

唯一、風間の姿だけは車内になかった。聞くところによれば、今日と明日は他用で本部に行かなければならないようだ。

「じゃあ出発するぞ」

尾凪が運転席に座り、マイクロバスが動き出した。

車中にいたのは二十分ほどだ。着いた先はF町にある市立体育館だった。ボランティア活動は、この場所を拠点にして行なわれる。

体育館の広いフロアには、柔道用の畳が敷き詰められていた。

洪水で住む場所を失い、ここへ避難してきた地元の住民たちも滞在している。

いちいち警察学校に戻っていては時間のロスになる。それを避けるため、今夜はこの体育館に一泊する予定になっていた。バレーやバスケで使うラインが描いてある板張りのフロアに、男女の区別なく雑魚寝をするのだ。

ほどなくして市役所の担当者が姿を見せた。

「警察学校の皆さん、お疲れさまです。今日と明日は、どうかよろしくお願いいたします。今晩はここに泊まっていただきます。消灯時間は午後十一時です」

「夜、真っ暗になったら心配だよね」

舞美のすぐ背後で、そう誰かが言う。避難してきたばかりの住民同士が小声で囁き合っているのだと分かった。

「大丈夫だよ」別の住民が答える。「ほら、天井に監視カメラがついてるもの。さっき市役所の人から聞いたけど、赤外線タイプだから、真っ暗でもちゃんと映るんだって。盗難には気をつけなきゃいけないけど、あまり心配しなくてもいいそうだ」

体育館から洪水災害のあった現場へは、徒歩で向かった。

午前中は一心不乱に、スコップで土砂を掬ったり、廃材をトラックの荷台に積み込んだり、といった作業に従事した。

尾凪も学生たちに混じって泥だらけになっている。

「おい、グロ。こっちを手伝ってくれ」

舞美の近くで、男子学生の誰かが石黒に向かってそう声をかけた。

性格が陰気だし、風貌もどこかグロテスクだからだろう。グロ。それが、男子学生たちが用いる石黒に対する渾名だ。そして石黒がいくら成績を上げて総代を窺う位置にまでつけても、その呼称が変わることはなかった。

そのうち昼食の時間になった。各自が適当な場所を見つけ、配られた弁当の蓋を開ける。

舞美も日陰に腰を下ろした。

そこで割り箸を袋から出したとき、近くでほかの学生たちが額を寄せ合って盛り上がっていることに気がついた。

耳を澄ませて様子を窺ってみたところ、彼らは、卒配で誰がどの署に仮配属されるか、紙に書いて予想をしているようだった。

この県警では今年の春に署の再編成が行なわれた。本部の近くに新たに最大規模のA署が誕生し、県内における最重要署と位置付けられたのだ。

卒配にあたっては、これまで成績が上位の学生から一人ずつ署の規模順に割り振られていた。しかし今回は、A署に上位二名が仮配属されることになる、という噂だった。

「舞美ちゃんはトップの成績で卒業するだろうから、間違いなくA署だな」

「お姫さまのお供をする羨ましいやつは誰だ」

「もしかしてグロかもな」

「それはありうる」

ここで皆の目が石黒の方へ向いた。

普通なら「そんなわけないだろ」などと照れてみせるところだが、石黒は何一つ否定するでもなく黙々と弁当を食べている。

「グロ、もしかしておまえ、A署入りを目指しているのか」

「うん」石黒は平然と頷(うなず)いた。「目指してるけど」

そんなやりとりを聞いているうち、尾凪が弁当を片手に近寄ってきた。

こちらに何か話があるようだが、舞美の方から先に口を開いた。

「助教、教えていただけますか。A署には、この学校から成績優秀者上位二人が配属されるという噂を以前から聞いています。それは本当でしょうか」

「それは、俺の口からは言えない」

隣に腰を下ろしながらそう答えたあと、尾凪はいったん言葉を切り、今度は小声で付け足した。

「仮にそうだとしたら、みんなが言うとおり、一人はおまえで確定だろうな」と。

では、一緒に配属されるもう一人は誰になるのか。

——うん、目指してるけど。

石黒本人の言うとおり、実際にそうなるのかもしれない。卒配に向かってぐんぐんと成績を上げているあいつが二番手で卒業する可能性は十分にある。いや、あるいは一番手になるかもしれない……。

「星谷、昨晩はどうだった。よく眠れたか」

「はい、一応は。今日一日ぐらいなら、ちゃんと働けそうです」

「だったらいい。――ところでおまえ、風間教官の右目がなぜ義眼なのか知ってるか」

小声での質問だった。この点について学生たちがどこまで知識を持っているのかが気になって探りを入れている、といったふうだ。

「……はい。噂で耳にした程度ですが」

「言ってみな」

「昔逮捕した男に、ずっとつけ狙われていて、襲われた。そう聞いています」

尾凪は否定も肯定もしなかった。その素振りから、たぶん当たっているのだろうと見当がついた。

当時の地元新聞には「警察官が暴漢に襲われて怪我(けが)」としか出ていなかったらしい。しかもほんの小さな記事だったという。

風間は刑事指導官という特別な立場にあった〝県警の至宝〟だったようだ。重傷を負ったとなれば、県内全体の治安状況にも影響が出てくる。そのため当時の広報課が、詳しい発表を控えたのだろう。

だが五か月も警察社会で過ごせば、学校という辺境の地にいても、それなりに情報は入ってくるものだ。

「おまえだって、いつ襲われるか分からんぞ。ただの覗き魔がいきなり暴力を振るい出す事案も多いからな。そこでおれはこの前、女子寮へ行ってみた。おまえの部屋を覗いたやつをつきとめようと思ってな。だが残念ながら、芝生には足跡は残っていなかった」

「そうでしたか……」

「だが諦めるのは早い。池で音がしたと言ったよな？　犯人は池に片足を突っ込んでいったらしい。つまり池の底になら足跡が残っているわけだ」

「ええ。でも、水の中から足跡は取れませんよね」

「だと思うだろう。ところがだ」

尾凪は、弁当についていた唐辛子の小袋を開封すると、

「いいか、この粉が石膏だと思え」

そう言って、唐辛子を足元の水溜まりに少しずつ捨て始めた。

「こうやって水面から石膏の粉をそっと振るい落としていくんだ。かなり根気のいる作業だが、辛抱づよく静かに水の底に石膏を沈殿させていけば、足跡の上で固まって採取できるんだよ。九月になれば、鑑識の授業でこのやり方を教えるはずだ。もっとも、さらに最新の別な方法にアップデートされているかもしれんがな」

尾凪はそう言いながら、作業着のポケットから携帯電話を取り出した。

「ほら。これが、あの池の底から出てきた決定的な証拠だ」

画面には、石膏に刻まれた足跡の写真が写っている。

「どうだ？　こういうソールのシューズを履いているやつに心当たりはないか」

それは、星のマークが幾つも並んだ特徴的な足跡だった。

4

教官室で、尾凪は自分で自分の肩を揉んだ。

一昨日と昨日、学生たちと一緒にボランティア作業に従事した。そのせいで今日あたりは背中が筋肉痛で悲鳴を上げるのではないかと覚悟していたが、まだ何の気配もない。三角筋が少し凝っている程度だ。

肩から手を離し、尾凪はそっと深く息をついた。

何にしても、いま気になってしょうがないのは舞美の一件だ。

――こういうソールのシューズを履いているやつに心当たりはないか。

一昨日、携帯の画面を見せながら、そのように訊いた。

――いいえ、知りません。

舞美は否定したが、首を横に振る様子はどこかぎこちなく、明らかに不自然だった。

昨日の夕方、ボランティアから戻ると、学生たちが夕食をとっているあいだに、尾凪は寮の下足箱を一つ一つ調べていった。

結果、あのソールに合致するのは石黒のシューズであることが判明した。

「二日間、ご苦労だったな」

気がつくと、そばに風間が立っていた。こちらも立ち上がって挨拶をしようとしたが、風間は手の平を向けてきた。

「そのままでいい。ただし助教」

風間は隣席に腰を下ろしてから続けた。

「わたしの方を向いてくれ」

いきなりそんなことを言われ、尾凪は戸惑った。

「どうした。聞こえなかったか。椅子を回して体をこちらへ向けてほしい」

言われたとおりにしたところ、風間はふっと鼻で笑った。嘲笑ではなく、苦笑といった笑い方だった。

「どうかしましたか」

「ああ。それだよ」

風間が人差し指を床に向けた。もっと正確に言えば、その指先はこちらの足元を示している。

「爪先の向きだ」

自分の靴。その先端部分を尾凪は見やった。

しばらくして風間の言いたいことが朧げに分かってきた。左足の爪先は風間の方を向いているが、右足のそれは斜めを向き、風間の方を指してはいない。

「どうやらきみは、わたしに複雑な感情を抱いているようだな」

——複雑な感情？　どういう意味ですか。

そう突っ込んで訊こうとしたが、もうこの話題は止めだと言わんばかりに風間は横を向き、机上に置かれた書類と向き合い始めている。

「ところで助教、わたしに黙っていることがあるんじゃないか？」

書類を捲る手を休めることなく風間が放った一言に、拍動がどんと高鳴った。

「きみは昨日の夕方、男子寮で学生たちの下足箱を一つ一つ調べていたらしいな」

頷くしかなかった。人目を忍んでやったつもりだが、やはり情報は風間に筒抜けになっていたらしい。どういうスパイ網を持っているのか、いまだによく分からないが、とにかく風間は何でも見通してしまう。

「なぜだ？」

「実は、星谷舞美が女子寮の部屋で覗きの被害に遭ったようでして……」

「ほう。それで女子寮の池から足跡を採取したわけか」

予想したとおり、その点も風間は把握していた。

「そうです」

「上手くいったのか」

「はい」

「では犯人が分かったな」

石黒だと答えてもいいかどうか。一瞬、躊躇が生じてまごついていると、

「石黒か」

風間の方からすかさずその名前をぶつけられた。

「彼は星谷をライバル視しているようだからな」

「そのとおりです」

どうせ風間に嘘はつけない。採取した足跡が石黒のシューズと一致したことを伝えた。

足跡の石膏と、そして石黒のソールを撮影した写真も風間に渡す。

「あの二人が同じ大学の同じ学部を出ていても、親しくしている様子はないな」

「わたしもそれが気になっていました」

「つまり、かなり競争意識を持っているということだ」

風間の言うとおりだろう。

首席になって総代として卒業できれば、その後の警察官人生が様々な点で有利になる。成績が上位の学生たちは、互いをライバルとして強烈に意識し合うのが普通だ。

「どうやら卒業前のストレスで、石黒の競争意識が捻じ曲がった方向へ暴走してしまったようだな」

そのとき教場当番の学生が迎えに来た。九月一日の三時限目。これから、また風間の授業が始まる。


「たまには余談から入るのもいいだろう」第三教場の教壇に立つなり風間はそう言った。「わたしが刑事をしていたころの話を少し披露してみようか」

学生たちはこの手の話を特に好む。皆の目が輝き出したのがはっきりと分かった。

「この前、星谷は『ストーカー被害を撲滅したい』と言ったな。この手の犯罪者を捕まえるには、行動確認の技術が欠かせない。通称『行確』だ。行確の対象者は『マル対』などと呼ばれる。この言葉もどこかで聞いたことがあるだろう。——尾行と言った方が通りはいいかもしれんな。そのやり方を簡単に教えよう」

風間は舞美と石黒を立たせた。

「今日もきみたちに協力してもらおうか。それと尾凪助教にもな」

「はい」

尾凪も教壇の上に立った。

「尾行は複数でやるのが原則だ。最低でも二人だな。コンビが息をぴったり合わせることが必要となる。では、ここで実習をしてみよう」

風間は尾凪の方を向いた。

「助教、きみがマル対の役をしてくれ」

「はい」

「星谷と石黒。コンビを組んで助教を尾行してみろ」

尾凪は、学生たちの座席と座席の間を縫うようにして、教場内を歩き始めた。

こちらの背後を舞美が尾行し、さらに石黒が続く。

「尾行の注意点は」風間が続ける。「マル対の癖を把握することだ。歩行の速さ、靴音、咳払い、警戒ぶりなどを早い時点で見極めなければならない。――助教、何か持ち物を捨ててくれ」

尾凪は、上着の胸ポケットに差していたボールペンを一本、わざと床に落とした。

「いまのようにマル対が、例えば煙草やコーヒーの缶などを捨てることがある。その場合は星谷、どうする」

「気づかれないように回収します」

「回収したあとは?」

「指紋採取に回します」

「いいだろう。――助教、立ち止まってもらえるか」

尾凪は言われたとおりにした。

「ではこのようにマル対が足を止め、誰かと立ち話を始めた場合はどうする」

「マル対が立ち去るのを待って、相手から会話の中身を聞き出すよう努めます」

「よし。では助教、後ろを振り返ってもらえるか」

その言葉に尾凪は従った。

「こういう場合はどうする？　石黒」

「尾行者を交代します」

石黒は答えながら、舞美に代わって前に出た。

「いいだろう。――助教、きみの役目は終わりだ。こっちにきてくれ。星谷と石黒はそのまま歩き続けろ」

尾凪は風間の横に立った。

「今度は助教に質問しようか」

緊張のせいで返事が一拍遅れる。

「星谷と石黒の方を見てほしい。きみの目には、あれがどう映る」

「星谷が石黒を尾行しているように見えますが」

「そのとおり。しかし、それは一面的な見方だ」

「と、おっしゃいますと？」

「アメリカのＦＢＩがどういう尾行テクニックを使うか、聞いたことがあるだろう。『待ち伏せ式尾行術』と呼ばれるものだ。早い話が、ターゲットを後ろから追いかけるようなことはせずに、その立ち寄り先にあらかじめ網を張っておく、というやり方だ。わたしの言いたいことが分かるか」

「尾行は、相手の後ろから行なうとは限らない。いろんなやり方がある。ということでしょうか」

「そのとおりだ。ではそれを踏まえて、もう一度、星谷と石黒を見てみろ。きみの目にはあれがどう映る」

学生たちが首を動かして見守るなか、石黒が歩き続ける。その後ろを舞美が同じペースで付いていく。

その様子を見ながら、尾凪はふと思った。この二人の本当の距離感というものが、いま一つ分からない。学生時代は同じ大学の同学年同学部だったらしいが……。

「不思議ですね。前を歩く石黒が、後ろから付いてくる星谷を尾行しているようにも見えてきました」

「正解だ。それがわたしの求めていた答えだよ。――上級者でも、うっかりマル対に接近しすぎてしまうことがある。万が一そうなった場合は、思い切って追い抜き、前を歩きつつ背中で足音を聞いて尾行を続ける。意外かもしれないが、そのような技術もあるわけだ。人が人を追跡するやり方は様々だということだ」

尾凪は静かに息を吐きだした。どうにか質問に答えられた。学生たちの前で恥をかかずに済んだのは幸いだ。

「今日の夕食が終わったころに」ふいに耳元で風間に囁かれた。「星谷を教官室へ呼んでくれ」

5

夕食は何を食べようか……。

舞美は目を閉じた。ぱっと頭に浮かんだのはハンバーグだった。

食券を買ってカウンターでプレートを受け取る。それを持って窓際の席に着くと、ほどなくして向かい側に座った女子学生がいた。井口亜衣だ。

「舞美さんて、やっぱり総代を目指してる？　みんな言ってるけど、本当に一番で卒業するつもり？」

「……まあ、一応そうなればいいな、とは思ってるよ」

「でもさ、どうしてそんなに一生懸命にならなくちゃいけないの」

嫌味でも何でもなく、素直にそう疑問に思っている口調だった。

「どうしてって……。そりゃあA署に配属されたいもの」

「だけど、最初にどこの署に行かせられたとしても、あとで手柄を立てるなり、必死に仕事をして認められるなりすれば、ちゃんと出世できるし、大きな署に異動させてもらえるんじゃないの？」

舞美は亜衣の言葉に呆（あき）れ果てた。以前からやけにのんびりしたやつだと思っていたが、ここまで能天気だったとは。この女は何も分かっちゃいない。

「いい？」

舞美は、ハンバーグ定食のプレートを亜衣の方へわずかに押し出してやった。皿の中央には主役のハンバーグが鎮座し、その周囲に人参（にんじん）やブロッコリー、ジャガイモといったつけ合わせが並んでいる。

「これが」舞美はハンバーグに箸で軽く触れた。「A署だとするよ」

「うん」

「で、こっちが」今度は人参やブロッコリーを箸の先で示した。「その他の中小規模の署ね」

「分かった。それで？」

「見てのとおり、スケールがまるで違うでしょ。ハンバーグ級の大型署は都心部にあるし、管轄する範囲も広いから、自然と大きな事件を扱うことも多くなる。だから出世の材料となる実績も挙げやすい。それにキャリア組も何人か勤務しているから、彼らの目に留まれば後々引き上げてもらいやすい」

「うん」

「それに比べたら、人参署やブロッコリー署だと、ヤマらしいヤマなんて、まず起きない。何年も殺人事件が起きていないような平穏な地域なら、そりゃあ仕事はラクかもしれないけど、実績を挙げる機会にはまず恵まれないわけ。そういう環境じゃあ、いくら張り切って手柄を挙げようにも土台無理でしょ。もちろんキャリア組と知り合いになるチャンスもない。いったいどうやって這（は）い上がるっていうの？」

「あ、そうか。だから最初が肝心なんだ」

本当にいまごろ分かったようだった。そんなことも考えずにこの五か月を暮らしてきたのか。

やれやれと首を振りたくなるのをこらえ、舞美はハンバーグを二つに割った。

「でも」亜衣は二つになったハンバーグを見ながら言った。「A署には二人行けるんでしょ。だったら二番でもいいんじゃないかな?」

どう応じたものか迷い、束の間、言葉に詰まる。

——だけどさ、一番と二番じゃ、やっぱり達成感が違うって。

そんなふうに答えてやろうかと思ったとき、男子学生が一人、小走りに近寄ってきた。

「星谷さん、風間教官が呼んでますよ。教官室に来るように、って」

「分かった。ありがと」

急いでハンバーグを口に放り込み、簡単に歯を磨いてから、駆け足で教官室へ向かった。

風間は自分の席についていた。向かいに座るように言われる。

スツールに腰を下ろすなり、風間は机上に肘をついて顔を寄せてきた。「先日、わたしと交わした会話を覚えているか」

「どんな会話でしょうか」

「きみは言っただろう。『警察学校は警察官を大量生産する工場のようだが、一人一人はみな違う』と」

「ええ、覚えています」

「同じような言葉を、今度はわたしがきみに返そう」

「それはどういう意味ですか」

風間は机の上に二つのものを並べた。

一つは写真だ。いつか尾凪から見せられたもので、スニーカーのソールが写っている。もう一つもソールだが、写真ではなく、靴底を物理的に写し取った石膏型そのものだった。白い硫酸カルシウムに刻まれた文様をざっと見るかぎり、隣の写真に写っているものと同じソールかもしれない。

「〝製造特徴〟という言葉を聞いたことはないか」

「どこかであるような気もしますが、語意はよく分かりません」

「刑事事件の捜査ではよく使う言葉だよ。工場で、ある同じ種類の製品を数年にわたって製造していたとしても、そのときそのときで微妙な違いが生じるものだ。これを製造特徴と称するわけだ」

「そうなんですね。覚えておきます」

「もう少し説明しよう。例えば、ゴムの靴底を切り抜いて作るとき、すでに模様が入った長い帯状のゴムを機械でバッサリと一個一個切り取って靴底にする。だが、切り取る際に微妙なズレが生じると、模様の位置もそれに従って変わってくる」

風間は石膏と写真に目を向けた。

「つまり、全く同じシューズのように見えても、爪先から五ミリのところに星形の模様が入っているものがあるかと思うと、かたやそれが十ミリのところに入っているものもあるわけだ」

舞美はジャージのファスナーに手をかけた。急に息苦しさを感じたせいだ。

「この石膏と写真が、まさにそうだ。同じようで微妙に違う。尾凪助教の手によって池から採取され、この石膏に取られたソール跡は、きみのスニーカーのものだろう。写真に撮られた石黒のスニーカーとは製造特徴が異なっている。これをどう説明する？」

風間の声は遠くから聞こえてくるようだった。

「つまり、きみが石黒を邪魔に思い、自分のスニーカーを使って庭の水溜まりにわざと靴跡を残し、覗きの濡れ衣を着せた、ということだな。違うか？」

6

今日の二時限目は交通法規だった。

それを終えて、教場当番の石黒が、授業で使った備品の自転車を押しながら、車庫へと戻ってくる。

授業終了の少し前から、尾凪は車庫の前で石黒を待ち受けていた。

石黒が自転車を所定の場所に戻すのを待って、尾凪は声をかけた。

「おまえに一つ質問する」

「卒業試験前の肩慣らしだと思って答えてみろ」

「はい」

「自分の自転車が盗まれ、数日後に街でそれを見つけたとする。誰でも『あっ、おれのだ』と思って、その自転車に乗って帰ろうとするよな。さて、その行為は許されるか」

「いいえ」

「なぜだ」

「盗まれた方は、すでにその自転車の占有権を失っているからです」

石黒の返事はどこか空疎だった。

「そうだな。いくら持ち主でも、いったん自転車が自分の保管を離れた以上、その場で取り返すことはできない。刑法第二四二条だ」

この条文は、自己の財物であっても他人が占有した場合は他人の財物とみなす、と規定している。自転車を取り返すためには、まず警察に被害届を出し、自己のものであることを主張し、それを立証する、といった手続きを踏まなければならない。

「おれが卒配されたばかりのときな」尾凪は続けた。「すっかりこの法律を忘れて、盗まれていた自転車を見つけて、そのまま持ってきちまったことがあった。いやあ、叱られたの何のって」

「……そうですか」

石黒の口から出てきたのは、やはりまるで覇気の感じられない返事だった。

「おい、どうした。おまえは優秀だから、そんなミスはしないよな。この先も期待してるぞ」

「はい。ですが……」

「ですが、どうした」

「その期待には応えられないと思います」

「なんでだよ」

それ以上は何も答えず、石黒は一礼すると足早に去っていった。

風間が見抜いたとおり、舞美は石黒を陥れようとして、自分の持っていたシューズで足跡を偽造し、誰かに覗かれたと嘘を言ったのだった。

その罪を認め、彼女は昨晩のうちに学校を去っていった。

足跡偽造に使ったシューズについては、ボランティア活動のどさくさに紛れて廃材回収のトラックに捨てた、と供述している。石黒とは身長がだいたい同じで、足のサイズも一致していた。だから自分の持っているシューズは石黒のものと完全に同一だと考えていたようだ。

舞美とは普段から親しくしていた。そしていつだったか、備品の倉庫内で、こっちが足跡採取に興味を持っている場面を見られてもいた。彼女にしてみると、助教の尾凪に覗きの被害を訴えれば、池中の足跡採取までやってくれる可能性があると考えたのだろう。

舞美の突然の退校に、風間教場の学生たちは一様に衝撃を受けた。特に石黒は目標としていた競争相手を失い、意気消沈しているようだ。

その日は、尾凪もずっと夕方まで調子が出なかった。

舞美の部屋を覗いた犯人として石黒を疑っていた。そのことを正直に話して謝るつもりだったが、うまく切り出せなかった。結局、自分の失敗談などを打ち明け、それを梃にして石黒を持ち上げる形でしか謝意を伝えられなかった。

書類に目を通し、教官の決裁が必要なものを隣席の机上に置いたとき、花壇に水をやり終えた風間が部屋へ戻ってきた。

「星谷は恐れたんですね。ぐんぐんと成績を伸ばしてくる石黒に総代の座を奪われるのを……」

舞美のしでかした行為。その動機について尾凪は口にしてみたが、隣席の風間は返事をしない。代わりに彼が手渡してきたものがあった。一枚のＤＶＤディスクだ。

「これを再生してみろ」

尾凪はそれを自分のノートパソコンにセットした。

ディスクの中身は灰色の映像だった。赤外線カメラで撮影したものだ。F町にある市立体育館。そこに設置されている監視カメラの映像だとすぐに分かる。

雑魚寝をしている学生たちが写っていた。

向こう側に男子が、手前側に女子が固まって眠っている。

やがて男子の中で、一つの人影がむっくりと起き上がった。

その人影は忍び足で手前に来ると、寝ている一人の女子学生のそばで姿勢を低くした。そのまま、じっと寝姿を観察している。

寝ているのは舞美で、それをじっと見つめる人影は石黒だった。

「石黒は知らなかったようだな。あの体育館に赤外線カメラが設置されていたことを」

風間の言葉に応じようとして尾凪は口を開けた。しかし何を言っていいのか分からず、唖然(あぜん)としているしかなかった。

「この映像は――」やっとのことで言葉を絞り出す。「では、星谷の言ったことは本当だった、ということですか」

「いや。あれは狂言だ」

「ですが現に」尾凪はノートパソコンの画面に指を突きつけた。「石黒は星谷に、こんな気持ちの悪い真似をしているじゃありませんか」

「そのとおりだが、星谷の部屋は覗いていない。この映像でも寝姿を見ているだけだ。――覗きと違って、それだけでは罪にならん」

風間の言うとおりだが、尾凪にはまだ状況がよく分からない。

「石黒と星谷は学生時代に交際していたが、星谷の方から関係を解消したらしい。だが石黒は諦めきれなかった」

「……本当ですか」

「ああ。結果、石黒は星谷のストーカーになった。大学からこの学校までずっとな」

画面の中で、それまでじっとしていた石黒の手が動いた。間近で舞美を見ているうちに我慢できなくなったらしい。舞美の髪をそっと撫で始める。

「ここまでやれば犯罪に該当するかもしれんな」

では、星谷が石黒を邪魔に思ったのは、総代の地位が危うくなったからではなく、邪魔なストーカーを排除しようとしてのことだった、ということになりそうだ。

一方の石黒があれほど成績を上げてきた原動力は、警察官としての向上心からではなく、ストーカーとして舞美を追いかけ続けるためだった、というわけか。

「追い上げられるのが不安だろう――そのように先日、わたしは星谷に言った。だが、その言葉は訂正する必要がありそうだ」

追い上げられるのが不安ではなく、「追いかけられるのが不快」だったというわけだ。

「しかし、わたしも驚いたよ」風間は顎に手を当てた。「この五か月間で、仕事に対するモチベーションを一人一人に植え付けてきたつもりだが、まさかこういう動機で〝向上〟しようとする者がいたとはな」

まさに学生たちは一人一人同じようで実はかなり違っている。

「それにしても、どうして二人の関係がお分かりになったんですか」

風間は、わざわざ体育館から映像を取り寄せた。摑んだからだ。舞美と石黒の関係に痴情が絡んでいたことを。しかしどうやって察知し得たのか。

「きみの爪先を見てわたしが言ったことを覚えているか」

「たしか『複雑な感情を抱いている』とおっしゃいましたね」

「そうだ。言い換えれば、『愛憎半ばしている』という意味だよ。きみはわたしを好いてもいるし、嫌ってもいる、ということだ」

「……まだよく分かりませんが」

「人間の手足は正直だ。そう先日の授業で教えたな」

「ええ」

「中でも嘘をつかないのが爪先だ。人間の爪先というのは、好きな相手を前にすればそちらの方を向くし、嫌いな相手なら別の方を向く」

風間を前に座ったとき、自分の爪先がどうなっていたかを思い出す。左足は正面を、右足は斜めを向いていた。

それが「愛憎半ば」の意味か。

「覚えているか？　星谷と石黒を向き合わせて座らせたとき、それぞれの爪先はどうなっていた」

舞美の爪先は石黒から逸れていたが、石黒のそれはしっかりと舞美の方を向いていた――。

「こうなると石黒を放っておけませんね。あいつも辞めさせますか」

「その必要はない。つい先ほど、これを預かったからな」

風間は一枚の書類を出してみせた。退校届だ。石黒の名前が書いてある。

星谷が退校した途端、彼も自分から消えたわけだ。

まだストーカーを続けるつもりなのだろう。自分も辞めたというより、舞美を追いかけて出ていった、というのが正解に違いない。

どうにかしてやりたいが、もう学生ではない以上、舞美を助けることも石黒を諫めることもできない。

尾凪は教官としての限界を感じ、歯噛みをした。

第六話　カリギュラの犠牲

1

収容人数が二百人ばかりの小講堂で、尾凪尊彦は客席からステージを見上げた。

奥の壁には、天井近くの位置に、たったいま大きな横断幕が設置されたばかりだ。

【演題『警察は積極的に民事へ介入するべきである』】

その下には一回り小さな文字で講師の名前が添えてあった。

【社会評論家　山浦敏夫（やまうらとしお）】

この評論家は、尾凪も月に一度ぐらいはテレビで見る顔だ。一応は世間に名が通っているだけあって、彼の事務所から提示されたギャランティの額は安くはなかった。

「作業が終わりました。これにサインをお願いします」

横断幕を設置した業者が書類を出してくる。

「お疲れさま」

もう一度、幕の文字に誤りのないことを確認してから、尾凪は書類にサインをした。

横断幕設置の監督業務を終えて、尾凪も小講堂を後にする。

職員室の入り口前で、廊下の反対側から来た学生と鉢合わせになった。

風間教場の学生、氏原清純（うじはらきよすみ）だ。手には書類の束を持っている。

卒業まで一か月弱。どの学生も所作の端々に緊張感を滲（にじ）ませ、自然と顔つきも引き締まっていく時期だ。しかしこの氏原だけは少し違う。

精神が張り詰めている様子はほかの学生と同じだが、どこか苦しそうな、何か重いものを抱えているような節がある。

そこが少し気になっていたため、

「おう、どうした」

気軽にかけたつもりの声が、どこか探りを入れるような調子になった。

「アンケートの結果がまとまりましたので、風間教官へご報告に上がりました」

——講演会のテーマについて、事前に聞き取り調査を行なってもよろしいでしょうか。

氏原がそう風間に許可を求めにきたのは、五日ほど前のことだ。

風間教場の学生たちがどう考えているかを前もって知っておきたい、と氏原は言った。警察は積極的に民事に「介入するべき」との立場なのか、それとも「介入するべきではない」と思っているのか。その点について意識調査をしてみたいとのことだった。

——面白い試みだな。いいだろう。許可する。結果が出たら教えてくれ。

それが風間の返事だった。

「ぜひ尾凪助教にも一緒に見ていただきたいと思います」

「そうか。おれはちょうどいま、会場の準備をしてきたところだ。——氏原、助教なんてなるもんじゃないぞ。山ほど雑用を押しつけられるからな」

横断幕の設置ぐらいならいいが、講師の事務所と連絡を取り合う仕事は面倒で、できることなら願い下げだった。予算の枠内に収めるためには、どうしても講演料を二〇パーセント値切る必要があり、交渉にはけっこう苦労したものだ。

「風間教官なら在室している。入れ」

一緒に入室し、風間公親の前に歩み寄った。

氏原は風間の机に、持参した書類の束を置いた。これが学生たちから回収したアンケート用紙らしい。

「幸い、全員が答えてくれました」

「ご苦労だったな」

風間は書類の束を取り上げ、捲(めく)り始めた。

氏原の準備した質問用紙は「介入するべきである」と「介入するべきではない」のいずれかに丸印をつけてもらう形になっている。加えて、その下の空欄には、「そう考える理由」を書き込むというものだった。

尾凪も脇から覗(のぞ)き込んでみる。集計の結果は一枚の紙にまとめられていた。

・介入するべきである……十三人
・介入するべきではない……十八人

・無回答……〇人

氏原自身はといえば、「介入するべきである」に丸をつけている。理由としては、こう記されていた。

【民事か刑事かの区別は紙一重と言える。表向きは民事事件であっても、そこには刑事性が色濃く潜んでいる場合が多い。詐欺や恐喝がその好例である。特に暴力団が絡むような事案は、警察が民事問題に積極的に関与する姿勢を持たなければ、今後増加の一途をたどるだろうと懸念される。以上の理由により、わたしは「介入するべき」の立場を支持するものである】

ほかの学生は概ね、【民事不介入は昔から警察のお約束】や【仕事がヒマなら、民事でも市民の相談に乗ってあげるといいんじゃないか】といったように、くだけた調子で短く理由をまとめている。その中にあって氏原のコメントは、教科書に載っている文章のように堅苦しい感じがする。まるで大学の講師あたりが筆を執ったようだ。

「これはきみが保管しておいてくれ」

風間は回答用紙の束を氏原に返すと、机に肘をつき、指を組んだ。

「ところで、なぜこのような調査をしようと思った?」

「純粋な興味からです。欲を言えば、卒業文集に載せる文章の題材にでもなればいいかな、と思いまして」

「さすがに学究肌だな」

学究肌――その一言を耳にして、尾凪は氏原のプロフィールを思い返した。

国立大学の社会学部を出ている彼は、そのまま同じ大学の院に進み、社会学の研究者になりたかったらしい。実際、大学院の入試を受けたそうだ。

だが結果は不合格。口頭試問はどうにかクリアできたが、提出した論文でいい点数が取れなかったと聞いた。

氏原の祖父も父も警察官だ。家族からは「学者などで食べていけるか。もう大学院は諦めて、おまえも同じ道を進め」と強く説得され、ここへ入校してきたらしい。

「尾凪助教、お電話です」

事務職員から声をかけられ、尾凪は手近にある電話機に近寄った。受話器を取りあげながら光っているボタンを押す。

《こちらはオフィス・ヤマウラですが》

女性の声だ。山浦敏夫の事務所からだった。

「どうも、お世話になってます」

挨拶をしながら、尾凪は自分の表情が自然と険しくなったのを感じた。講演料の二〇パーセント値下げに渋々ながら応じてくれた山浦のマネージャー。彼女の声がやけに慌てている様子だからだ。

《明後日、九月五日開催予定の公演会について、緊急のご連絡がありまして》

やはり何かトラブルでも起きたか。講演の開始時刻を遅らせてくれ。もしそんな依頼をされても、いまさら簡単には応じられない。

《実は先ほど、山浦が急病で倒れて、病院へ運ばれました》

「――まさか」

《残念ですが本当です。医師からは、最低でも一週間の入院が必要だと告げられました。つきましては、たいへん申し訳ないのですが、明後日の講演会はキャンセルさせていただくしかありません》

トラブルの大きさは予想を超えていた。受話器を置いたものの、風間にどう報告したものか迷う。

結局、いまマネージャーから聞いた話をそのまま伝えた。

「しかたがないな」

嫌になるほど風間は落ち着いている。これは予想どおりの反応だが、分からないのは、いまの話をそばで聞いていた氏原が、やけに目を輝かせ始めたことだった。

事前にアンケートを取ることを考えついたぐらいだから、彼は明後日の講演会を誰よりも心待ちにしていたのではないのか。

「教官、お願いがあります」

氏原は風間に一歩詰め寄った。

「もう一度みんなの意識調査を行なってもよろしいでしょうか」

「今度はどんな質問をするつもりだ」

「『警察は積極的に民事に介入するべきかどうか』です。つまり前と全く同じということです」

「ほう」風間の視線が一瞬だけ鋭さを増した。「いいだろう。やってみろ」

「ありがとうございます。では、結果が出たらまたご報告に上がります」

一礼して氏原は背を向けた。

「あいつ、いったい何を考えているんですかね」

氏原の姿がドアの向こう側に消えると、尾凪は風間の方を向いた。

「ついこの前やったのと同じ質問でアンケートを取って、何か意味があるんでしょうか」

「さてな。あるかもしれんぞ」

——まさか。

尾凪は内心で吐き捨てた。それはありえない。誰がどう考えても同じ結果しか出ないに決まっている。

それからの数日間は瞬く間に過ぎた。

忙しいにもほどがある。学生たちの成績を書類にまとめる傍ら、卒業式に向けての雑事もこなしていかなければならない。式典前に予定されているスライド上映の総責任者を命じられているし、風間が読み上げる祝辞の準備だってある。

その日、昼食を終えて教官室へ戻ったところ、机の上に、先日見たのと同じような書類の束が置いてあった。氏原が行なった二回目のアンケート調査。その回答用紙だ。

窓の外を見やれば、風間が花壇に如雨露で水をやっている。この結果は、彼が先に閲覧し、こっちの席に置いていったものらしい。

前に氏原がこの教官室を訪れた日から、五日ばかりが経っていた。

束を手にして捲ってみる。

・介入するべきである……二十一人
・介入するべきではない……十人
・無回答……〇人

予想外の結果だ。集計に誤りがあるのではないか。そう思って一枚ずつ回答用紙を捲ってみたが、この数字に間違いはなかった。

「なぜ学生たちの意識が急に変わったんでしょうか」

花壇から戻ってきた風間に、そう訊かないではいられなかった。

「この程度が分からんようでは助教失格だな」

冷たく突き放されたが、そうなることは覚悟のうえだ。とにかく、この現象は意外過ぎて、とても自力で答えを見つけられそうにない。

「おそらく、心理的リアクタンスのせいだろう」

風間が口にしたのは、まったく耳慣れない言葉だった。

「人は禁止されたことほどやってみたくなるし、売り切れの商品ほど欲しくなる。そういう反応のことだ」

「なるほど、それと一緒なんですか」

急に中止されたことによって講演会の価値が高まったのだ。つまり学生たちは、講演会が中止されたことで講師の主張を過大に評価し、実際に聴講しなくてもそれに賛同する気になってしまったわけだ。

「心理的リアクタンスのうち、禁止への反動については、俗にカリギュラ効果ともいう」

「それはまた妙な言葉ですね」

昔『カリギュラ』なるタイトルの映画があり、内容があまりに過激だとして一度上映禁止になった。ところが、その途端に客が観たがるようになり、結果的に大ヒットするといった現象が起きたらしい。そこから名づけられた用語だ、というのが風間の説明だった。

「その効果が実証できたからだろうな、氏原は満足そうな顔をしていたよ」

なるほど。講演を楽しみにしていた氏原が、中止の知らせを聞いても落胆しなかったのは、この状況を利用して二回目のアンケートを取れば社会心理学の実験ができる、と考えたからか。学究肌。

一人ひとりの学生に、人物像を端的に表す言葉を見つけてやるとすれば、氏原の場合は、やはりこの漢字三文字以外になさそうだ。

2

寮の自室で、氏原はメモ帳に書きなぐってある文字を一通り読んだ。

続いて大学ノートを開き、メモ帳の内容を清書するべくシャープペンシルを走らせ始めた。

【警察学校では、入校直後から、座学にしても術科にしても、「こなせる者」と「つまずく者」の差が徐々に広がっていく。半年間のうち、前半の三か月は誰もが競争心の方を強く持っているため、この差は大きくなる一方だ。

しかし後半の三か月では、できる者ができない者をサポートして引っ張っていく関係の方が多く見られるようになる。こうした中で同期の絆（きずな）が強まっていくのだ。

警察組織が全寮制という環境で新人に教育を施す最大の目的は、この「連帯感の醸成」にあると考えられ】——


そこまで書いたところで、氏原はぴたりとシャープペンシルの動きを止めた。

天井がゴトンと大きな音を立てたからだ。

——またか。

氏原は自室を出た。

九月十日の早朝。廊下は静まり返っている。点呼まで三十分ほど余裕があった。まだ学生たちはドアの内側で寝息を立てている時間帯だ。

階段を上り、二階の二〇四号室をノックしたところ、同じ風間教場の学生、染谷将寿（そめやまさとし）が、ぬっと顔を出した。

白いTシャツ姿の染谷は、思ったとおり拳銃を手にしていた。モデルガンだ。寮での所持が禁止されているものだが、見回りにくる尾凪の目を盗んで隠し持っている。

拳銃マニアの彼は、暇さえあればこれを使ってガンプレイの練習をしていた。その最中にうっかり取り落とすと、重い塊が床に落ちて大きな音がし、その度ごとに、ちょうど真下にいるこっちが迷惑を被るという寸法だった。

「それ、いい加減にやめてくれないか。うるさいんだけど」

「目が覚めちまったか」

「いや、もう起きてたけど」

「だったら、別に迷惑でもないだろ。最初のころ風間教官に教わったよな。二〇〇一年以降は拳銃についての方針が『可能なかぎり撃つな』から『撃つべきときは撃て』に変わった、ってよ。つまりこれからは、おれたち警察官にとって――」

染谷はモデルガンを愛おしそうな手つきで撫でた。

「こいつの扱いがより重要になってくるってわけだ」

「それは分かるけどさ。でも、ちょっといま書きものをしていて、集中したいんだよ」

「待てよ。おれだって、この前、そっちの頼みを聞いてやっただろ。何だかよく訳が分からないアンケートに二回も答えてやったよな、忙しい最中に」

「それは感謝してるけど……」

「おれの考えは、警察は民事に積極的に介入すべし、だ。けれど、警察官同士は互いの生活に干渉すべきじゃないと思うんだよな」

自分にとって染谷はソリの合わない相手なのだが、困ったことに、卒業式で行なうスライド写真上映の準備という仕事を一緒に任せられている。

卒業アルバムの担当者から写真を受け取り、それを基にパソコンでスライドショーのデータを作る、というのが仕事の内容だった。式典でのスライド上映の総責任者は尾凪だ。ちゃんとしたデータを作らないと助教にどやされてしまう。

自分と染谷はともに身長百七十五センチ、体重六十五キロ。体格はまったく同じだから取っ組み合いになれば五分五分だろうが、そういう事情があるから大っぴらに喧嘩をするわけにもいかない。

「だけど、そもそもモデルガンは持ち込み禁止だろ」

「あいにくと、禁止されてることほどやりたくなるんでね」

尾凪に密告してやろうかとも思ったが、チクリ行為が発覚すれば、こっちが仲間から白い目で見られる羽目になる。このあたりが集団生活の厄介なところだ。

染谷は、構えた状態から銃身を下方向に回すフォワードスピン、上方向に回すリバーススピンを、ランダムに織り交ぜながら披露してみせた。その間にまた一度失敗し、床に落ちたモデルガンがもう一度耳障りな音を立てる。

銃を拾い上げた染谷は、愛おしそうに弾倉のあたりを撫でた。青黒い色をした、でかくてごつい拳銃だった。

「こいつがなんて名前の銃か知ってるか」

学校から貸与され、拳銃操法の授業で使っているのはＳ＆ＷのＭ37エアーウエイトという銃だ。銃身は二インチ、つまり五センチほどしかない。

いま染谷が持っているモデルガンは同じリボルバーだが、銃身がＭ37の三倍はありそうだ。銃口の上についている照星（しょうせい）の背丈はずいぶんと高い。

「実は、これもＳ＆Ｗだぜ。ただしお馴染（なじ）みのエアーウエイトじゃないってことは一目瞭然だよな。こっちはＭ１９１７って型番だ。戦後の動乱期にアメリカ軍から日本の警察に供与された歴史的な銃が、実はこれなんだよ。何十年も前の先輩たちは、こういう頼もしい相棒を携えて、闇市に跋扈（ばっこ）する悪党どもと闘っていたんだ。感動もんだよな」

氏原は、染谷が握っているＭ１９１７とやらに向かって手を伸ばした。

「よかったら、それを持たせてくれないか」

「いいとも。ほら」

染谷は、人差し指を用心金の中に入れ、銃をぶら下げるようにして差し出してきた。銃口を自分に、グリップをこちらへ向けている。

受け取ろうとしたところ、染谷は素早く銃を水平方向に指で半回転させた。瞬間的にグリップが銃口へと置き換わる。

「この技はカーリー・ビル・スピンて呼ばれてる。カーリー・ビルってのは、かのワイアット・アープと同時代のアウトローな。彼が最初にやってみせたトリックプレイなわけ」

銃口をこちらの左胸へ突きつけながら、染谷はにやりと歯を見せ、ようやくモデルガンを手渡してきた。

「どうだ。エアーウエイトなんかとは手応えがまるで違うだろ。重量は一キロもあるんだよ、それ。つまり本物のＭ１９１７と同じってこと」

染谷の言うとおり、拳銃操法の授業で手にしている銃とはまったく別物という感じがする。「空気程度の重さ」を名乗るエアーウエイトは約五百グラム。それでも扱いに苦労している身にとって、倍の重さを持つこの代物は、銃というよりもはやダンベルなどの筋トレ用具に近いように思われた。

昔の外勤警察官には腰痛を訴える者が多かったと聞いている。祖父にも椎間板（ついかんばん）ヘルニアで苦しんだ時期があったそうだ。勤務中にこの重みがずっと腰にかかるのだから当然かもしれない。

壁に向かって構えてみた。

標的に狙いをつけるときは、視線を妨げないよう銃口を下から持ってくる。それが拳銃操法の授業で教わったやり方だから、自然とそういう動きになった。

染谷にモデルガンを返した。

「とにかく、できるだけ床に落とさないようにお願いするよ」

氏原は染谷の部屋を出た。

「たしかに教科書には『下から構える』と書いてあって、授業でもそう教わっているけど、結局のところは人それぞれだ」

そう言いながら染谷も、見送りのつもりなのか、わざわざ廊下まで出てきた。

「おれは絶対にこっちの方が性に合っている。腕のブレがずっと少ないんだ」

ちらりと振り返ると、染谷はM１９１７を上から降ろす方法で構えてみせたところだった。今日は大好きな拳銃操法の授業があるから興奮しているのかもしれない。

その拳銃操法は、五時限目に行なわれた。

銃架の前に立ち、十五メートル先にある天井走行式の標的を見据えつつ、氏原はこれまでの授業内容を振り返ってみた。
・拳銃所持の心構え
・事故の防止法
・使用判断
・職務執行時における警棒と拳銃の使い分け

・基本射撃
・応用射撃
約五か月半でここまで学んできた。残すは来週に行なわれる予定の最終検定だけだ。

「おい、氏原っ」

担当教官の荒垣が怒声を浴びせてきたのは、三十秒間で五発の弾丸を発射する「時間撃ち」を終え、イヤープロテクターを外したときだった。

「もう一回、銃をホルスターにしまってみろ」

氏原は言われたとおりにした。

「てめえ、今日明日にも卒業だってのに、何度同じ間違いをやらかせば気が済むんだよ」

そうだった。拳銃を収めるときは先にホルスターを見てはいけないのだ。必ず銃に視線を当てたままにし、ホルスターの方へ持っていかなければならない。この動きが、どういうわけか卒業間近のいまになっても、なかなか身についてくれなかった。

一人、銃架から離れた位置に移動するよう荒垣に命じられた。

標的に向かって引き金を引く仲間たちを横目に見ながら、ホルスターに戻す練習だけを繰り返しさせられる。

「もういいぞ」

許されて再び銃架の前に立ったときには、授業の終了時刻が近づいていた。

「よし、今日はここまでだ」

いつものように荒垣が、一人一人の拳銃について弾倉が空であることを念入りに確認し始めた。

そしてチェックを受け終えた者から一列に並び、一人ずつ拳銃を、壁際に設置された保管庫に戻していく。

その様子を、卒業アルバムの担当者である清野が写真に撮っていた。

保管庫の横には射撃姿勢をチェックするための、横に広い大きな姿見が置いてある。

氏原が姿見に目をやったとき、後ろに染谷が立っているのが分かった。

ほかの学生はもう全員が射撃場を出ていて、残っている学生は氏原と染谷、あとは清野だけだ。

離れた場所には荒垣も残っているが、クリップボードに挟んだ用紙を睨(にら)んでボールペンを走らせ続けている。授業の記録をつけるのに忙しいようだ。

清野も出ていくと、氏原は保管庫に拳銃を戻しながら、振り返って染谷に囁(ささや)き声で言った。

「いま、おれの背中に銃口を向けなかったか」

そんな気がしたのだ。

実際、以前の拳銃操法の授業で、染谷が人目を盗み、そっと銃口を他の学生に向けた場面を一度目撃していた。ガンマニアの欲望を満たそうとしての行為だろう。

「まさか。妙な疑いをかけんなよ」

答えて染谷は壁の一方を指差した。そこにはこう張り紙がしてある。

【銃口は決して人に向けないこと。弾倉が空であっても銃口を人に向けた場合は、その者に退校を命じる】

「な、そんな真似(まね)をしたら追い出されちまうだろ。ようやく、あと十七日でさよならできるところまできたんだ。いくらおれでも、そこまで馬鹿はやらねえよ」

染谷はまた唇を歪めて歯を覗かせた。

氏原も笑った。相手につられたわけではない。

禁止されていることほどやりたくなる――社会心理学的にみて、染谷はカリギュラ効果を実証する非常に分かりやすいサンプルだと言える。そう思うと妙に可笑しくなったせいだ。

3

収容人数五百人超の大講堂。その一階席後方に設けられた調整室の椅子に座り、礼服を着込んだ尾凪は、目の前に並んだボタンの一つを押した。

調整室のガラス窓を通して前を見やる。

客席を挟んだ先にあるステージ上に、四百インチの大スクリーンが天井からそろそろと下りてくるところだった。

「いま押したのがスクリーンの昇降ボタンだ。位置を覚えておいてくれ。スライド上映の際は照明も落とすけれど、そっちは別のスタッフが担当するから、きみは何もしなくていい」

そばに控えている新米の女性事務職員にそう教えたあと、尾凪は調整卓の隣にあるテーブルに移動し、そこに置いてあるノートパソコンを前にしてマウスを握った。

「これの操作はすごく簡単だから気楽にやってほしい。さっきのボタンでスクリーンを下ろしたら、残るきみの仕事は、ほら、この開始ボタンをクリックするだけだ」

マウスを使ってスライドショーのソフトをスタートさせた。

このノートパソコンはすでにプロジェクターに接続されている。横八メートル、縦が六メートルの巨大な画面に写真が映り始めた。

まずは仮入校の日に、初めて顔を合わせた初任科生全員で撮った集合写真。

続いて本入校の式典。そして座学の授業風景。

ロビーに設置されている二台しかない緑色の公衆電話に並ぶ学生たち。

グラウンドでのアヒル歩きやバーピージャンプ。

模擬交番での勤務風景――といった具合に上映は進んでいく。

懐かしい思いに浸りつつ、尾凪は拍動が速まるのを止められないでいた。

腕時計に目を落とす。卒業式の開始まであと二時間だ。シルバーのネクタイで喉元を締めつけているせいもあり、どうも息苦しい。

窓の向こう側に目を戻す。スライドのテスト上映は順調に進んでいた。

ホームルームでの学生スピーチ。

プールを使ったカヤック実習。

実際に県内各署の交番に配属されての職務質問の実地研修。

消防学校の施設を借りた火災体験訓練。

司法解剖を見学するために法医学教室へ向かうバスの車内。

夏、日曜日に行なわれた長距離走記録会。

市立体育館で雑魚寝する様子。これは泊まりがけで行なった災害復旧ボランティアの一コマだ。

続いて拳銃操法の授業。イヤープロテクターをつけた三十一人がずらりと並び、半身の姿勢で標的に向かって銃を構えている。

そして授業が終わり、学生たちが拳銃保管庫に各自の銃をしまうところ。

これら射撃場での写真は、最近になって撮影されたものだろう。学生たちの顔つきが、最初のころとはまるで違ってきているのがよく分かる。

問題はここで発生した。

まだ後ろに十枚ほど写真が残っているはずなのだが、どうしたことかスライドが先へ進まなくなってしまったのだ。

大スクリーンには拳銃保管庫を撮った一枚が映されたままだ。ほかの写真と同じように、これが五秒間表示されたあと次の一枚に変わるはずなのだが、その切り替わりが行なわれない。

スライドショーのソフトがフリーズしてしまったのか。

だが、ソフトの「送る」ボタンをクリックしてみると、問題なく先へと進む。異常が起きるのは、自動で切り替わるようにした場合に限られるらしい。

だが、それでは困るのだ。式典本番では自動モードで上映する予定になっているのだから。

尾凪は大スクリーンを睨みながら、傍らの女性事務職員に頼んだ。

「氏原と染谷を呼んできてくれないか。大至急だ」

事務職員が小走りに出ていった。

全身に嫌な汗をかき始めている。尾凪は礼服用ワイシャツの襟元に指をかけ、そこから空気を送り込んだ。

苛々(いらいら)しながら待っていると、やっと事務職員が二人を連れて戻ってきた。染谷と氏原も、すでにモールのついた礼服に白手袋という姿になっている。

「このスライドショーのデータを作ったのはおまえたちだよな。どうなってんだ。動かなくなったぞ」

「本当ですか？　変ですね」

染谷が腰を曲げてノートパソコンの画面を覗き込み、しばらくしてから大スクリーンの方へ目をやった。

「昨日チェックしたときは異常がなかったんですけど。じゃあ、パソコンを再起動してみてはいかがでしょ――」

そこで彼は突然言葉を切った。いつの間にか、顔面が蒼白になっている。

「どうした？　気分でも悪いのか」

「……いいえ。あの、こうなってしまった以上、いっそのことスライド上映は中止にしませんか」

「馬鹿言え。この期に及んでそんなに大きく予定を変えられるかよ」

「でしたら、写真を何枚か削除してデータを減らしてもよろしいですか。そうすると動くかもしれません」

「いまさら中身を変えられるかよ」

スライドショーの内容については、事前に校長に見せ、これで許可を受けているのだから、もう勝手にいじるわけにはいかない。

氏原はといえば、慌てふためく染谷の様子をじっと冷たい視線で観察していたが、ややしてから何か思いついたように、小さく一つ手を叩いた。

「もしかしたら」

「原因が分かったか」

「はい。たぶんですが。ちょっとよろしいですか」

氏原がノートパソコンの前に座り、マウスを手にしてスライドショーのソフトを調べ始める。

そしていくらもしないうち、

「思ったとおりです」

画面から目を離すことなくそう言った。

「いまスクリーンに映っている一枚だけ、なぜか表示時間が『五秒』ではなく『無限』に設定してありました」

氏原が無限を五秒に切り替えたらしく、大スクリーンの上で、写真が再びテンポよく順調に流れ始めた。

「よし」尾凪は文字通り胸を撫で下ろした。「これでもう大丈夫だな」

「はい。念のため全部の写真を選択して、改めて五秒に設定し直しましたので、絶対に間違いありません」

「それならいい。――ところで氏原、いまさらだが下手な遠慮なんか必要ないぞ」

氏原は何を言われたか分からない様子で、何度か瞬きを繰り返した。

「いま初めて気づいたんだがな、おまえの写っている写真はほかのやつらより少ないだろ」

上映される写真は約百枚。そのセレクトに当たっては、写っている人に偏りがないように、と命じてある。なのに、先ほどざっとスライドを見たところ、氏原の顔を認めた回数がやけに少なかったような気がしてならないのだ。

「自分が担当者だから、わざと外したんじゃないのか」

「お言葉ですが、それは勘違いかと思われます。誰が何回、どれぐらいの大きさで写っているかは、染谷巡査と二人でちゃんと一覧表にして確かめて選びましたので、みんな公平になっています。例外はありません」

どの学生についても、前景に目立つ形で十回、後景に控え目な形でこれも十回。合計二十回はスクリーンに登場するように配慮してある。そのように氏原は説明した。

「だったら、やっぱりおれの気のせいか」

「失礼ながら、そういうことだと思います」

「分かった。じゃあ、おまえらは急いで戻れ」

すでに卒業生たちの集合時間を二分ほど過ぎている。

氏原と染谷を調整室から追い出したあと尾凪は、

「あとはよろしく」

アシスタント役の女性事務職員にその場を託し、自らも教官の控え室に向かった。

式典開始の時間が迫ると、卒業生たちの親族も続々と講堂に入ってきた。

開始に先立ちスライド上映をする旨のアナウンスをするのも自分の役目だった。緊張しながらそれをこなし、無事に上映が済んだのを見届ける。

その後は、校長や風間たちと一緒に尾凪もステージに上がった。

並べられた椅子に腰を下ろしたとき、

「できればわたしも一緒に――」

すぐ前に座っていた風間がわずかに振り返り、呟（つぶや）くように言った。

「卒業させてもらいたいものだ」

本音なのか、あるいは冗談なのか。口調からは判断できなかった。表情から推し量ろうにも、ほぼ真後ろの位置からではそれも叶（かな）わない。

こうなると尾凪としては、

「何をおっしゃいますか。まだ一年目ですよ。これからが本番じゃないですか」

曖昧な笑いを浮かべつつ、当たり障りのない返事でやりすごした。だが、その声にはわずかの真剣味が混じった。

「まだ一年目」と言ったが、もっと正確に表現すれば、「まだ最初の半年間」だ。それを終えたばかりなのだ。そんなに早く辞められたら、こっちが困る。

もちろん、この男はあまりに近寄りがたい。下で仕えるなら、もっと気楽な相手の方がずっといい。

だが――。

ふと気づいて自分の足元を見たところ、いつかと同じように左の爪先は風間の方を向いていた。右のそれも、相変わらず斜めを向き、風間を指してはいない。ただし角度が違っている。前よりはずっと風間寄りになっているのだ。

非常に苦手ではあるものの、その一方で、やはり自分はこの男に、どこかで惹かれつつあるらしい。

ステージには演壇が準備され、式次第に従い、開式の辞、国歌斉唱、学校長式辞、卒業証書授与、と滞りなく進んでいった。

やがて担任教官が教え子たちに向かって祝辞を読み上げる段になった。

風間が演壇の前に進み出る。礼服姿の風間を見たのは久しぶりだ。気のせいだろうか、入校当初よりいくぶん痩せたように思われる。

本部の刑事指導官として鳴らした猛者といえども、それまでとはかなり勝手の違う教官という仕事に、この半年の間、人知れずストレスを感じ続けてきたのかもしれない。

してみると、

——できればわたしも一緒に卒業させてもらいたいものだ。

先ほどの一言は本心の吐露だったと見ていいのではないか。

演壇を前にした風間は、礼服の懐から祝辞の用紙を取り出し、蛇腹に折り畳まれていたそれを音もなく広げた。

「まず初めに、ご来賓の皆様におかれましては、ご多忙の中ご臨席いただきまして、まことにありがとうございます。そして学生諸君、卒業おめでとう。輝かしい未来へ向かって新たな一歩を踏み出すきみたちを、担当教官としてとても誇らしく思い——」

そこまで読んだところで、風間は前触れもなく言葉を切った。

手にしていた祝辞用紙から顔を上げ、会場をゆっくりと見渡す。

「——とまあ、この紙には型どおりの挨拶が延々と書いてあります。準備してくれた尾凪助教には申し訳ないが、こういうものは読んでも読まなくても同じでしょう」

さざ波が立つように、満員に近い客席がざわつき始めた。

「わたしの仕事はあくまでも、祝辞を読むことではなく、学生たちに警察官としての仕事を教えることです。せっかくですから、この場を借りて最後の授業をさせていただきたいと思います」

4

式典の開始まであと三分。

ステージに近い前列の席に、仲間たちと一緒に着席していた氏原は、腰を浮かして背後を振り返ってみた。

大勢の中にあっても、見慣れた祖父と父の顔はすぐに見つかった。警察OBということで、大きな顔をして知り合いに挨拶をしている。

氏原はいったん姿勢を戻し、今度は上体を倒して、すぐ前の席に座っている学生に顔を近づけた。

その学生、門田陽光は、ぶつぶつと何ごとかを唱えている。

「この半年間の経験を大きな武器として携え、これからわたしたちは第一線の戦場へと元気に巣立っていきます。いままで厳しく、そして温かく見守ってくださった教官の方々、先輩や父兄の皆様、本当にありがとうござ……」

思ったとおり、それは卒業生答辞の言葉だった。

氏原は、門田の肩を軽く叩いて言った。

「しっかり頼むよ、総代」

門田は振り返り、ちらりと歯を見せた。

「まかせとき」

いつも明るい男だが、いまはさすがに緊張しているらしく、少し声が上擦っている。

それにしても、果たして何人が予想できただろうか。入校時に陰でボンクラと囁かれていたあの門田がゆくゆくは総代に選ばれる、などという事態を。

思わぬ人物が思わぬ成長を遂げる。こうしたところも、警察学校という場所の醍醐味と言っていいのかもしれない。

《開会に先立ちまして、半年間にわたる鍛錬の様子をまとめたスライド写真を上映いたします。皆様、どうぞリラックスしてお楽しみください》

そんなアナウンスが流れた。意外にも尾凪の声だった。助教なんてなるもんじゃない。山ほど雑用を押しつけられるから。いつだったか、そんなぼやきを口にしていた彼の姿が思い出される。

会場の照明が落とされ、スライドの上映が始まった。

振り返れば、いろんな学生がいたものだ。

自殺未遂をした者が出たという噂があった。

格闘技の得意な学生が、なぜか交番研修のあとに退校してしまった事態もあった。

長距離走に打ち込んでいた女子学生が突然いなくなってしまったし、男女の学生がストーカーとその被害者というケースもあったようだ。

社会学の見地からすれば、どれも興味深い研究テーマになると思う。ほかの学生たちも一人一人、きっと他人には想像もつかない事情を、多かれ少なかれ抱えているに違いない。

そんなことを考えながら、スライドの写真を氏原は見ていった。

おまえは遠慮して登場回数を減らしたのではないか。先ほど尾凪はそんなふうに言っていたが、改めて数え直しながらスライド上映を鑑賞したところ、自身が写っている写真はちょうど二十枚、間違いなくあった。

そして二十枚のうち半分近くで、自分は手に筆記用具を手にしていた。

そう、この半年間に経験した出来事は、可能なかぎり書き留めておいた。大学ノート三冊分にもなったその記録は、学究のための貴重な一大資料と言っていいだろう。

スライド上映に要した時間は十分弱だった。

自分が染谷と一緒に準備したデータなのだ、どういう写真がどういう順序で並んでいるか全て記憶しているため、正直、もう見ても見なくても同じだと思っていた。

ところが客席に座って大スクリーンを前にしてみると、どのコマも初めて目にする映像であるかのように、実に新鮮な気分で鑑賞することができたのだから不思議なものだ。

照明が元に戻り、スクリーンが天井に収納される。

ステージ上に主だった教職員が登場し、並べられた椅子に座った。

椅子は二列。前列には校長や風間の姿がある。尾凪も登壇して風間の背後に座ったところを見ると、彼が担当する会場アナウンスは冒頭のスライド上映の部分だけで、あとはお役御免になったようだ。

《ただいまより第九十四期、短期課程、初任科生の卒業式を執り行ないます》

思ったとおり、ここから司会進行は女性事務職員の声に切り替わった。

ほどなくして学校長式辞の段になり、四方田が演台の前に進み出る。

校長はゆっくりと卒業生たちを見回してから口を開いた。

「たとえばここに犯罪捜査の達人が一人いるとします。この達人がマンツーマン方式の道場を開いても、一年で教えられる門下生の数はせいぜい四人ぐらいでしょう。十年間やっても四十人にしかなりません。しかし、この達人が半年間で四十人の若者に技術を教え込み、彼らを警察官として世に送り出すことができたら、県警の捜査力や検挙率は桁違いにアップするはずです。警察学校という施設の存在意義は、まさにこの点にあるとわたしは思っています――」

その後も、淡々と式次第がこなされていく。

会場がどよめいたのは、演壇の前に立った風間が祝辞の読み上げを途中で止めたときだった。

「わたしの仕事はあくまでも、祝辞を読むことではなく、学生たちに警察官としての仕事を教えることです。せっかくですから、この場を借りて最後の授業をさせていただきたいと思います」

どよめきが一転し拍手に変わった。

「校長、よろしいですか」

振り返った風間に同意を求められ、四方田も椅子に座ったまま笑顔でＯＫのサインを出す。

氏原は礼服のポケットに手を入れた。そこに忍ばせておいたメモ帳と小型のペンを取り出す。

風間――この不気味で不愛想な教官を、正直なところ、入校当初は好きになれなかった。だが、いまは感謝している。この半年間で彼の行なった授業が、なかなか興味深かったからだ。その口から語られる内容は、学術的な見地から見て研究に値するものが多いと思った。

最後の授業ではどんな話を披露してくれるのか――。

固唾を呑み、メモ帳を開いてペンを構えたところ、風間は顔を前に戻し、調整室の方を見上げた。

「では係の方にお願いする。先ほどのスライドをもう一度映していただきたい」

照明がまた落とされた。大スクリーンも再びステージの天井から下りてきて、上映が始まった。

「早送りをして、わたしがストップと言ったところで止めてほしい」

風間の指示どおり、手動で写真が素早く切り替わっていく。アシスタントの事務職員は、スライドショーのソフトを尾凪が使うところをよく見ていたのだろう、操作法をしっかり頭に入れているようだ。

「ストップ」

風間がそう言ったのは、射撃場の拳銃保管庫を撮った一枚が映し出されたときだった。先ほど式典の前に尾凪が行なったテストで、スライドの流れが途中で停止したが、そのときに映ったままになっていたのがこの写真だ。

つまり、染谷を狼狽させてやろうと、自分が軽い気持ちでわざとその一枚だけ表示時間を無限に設定しておいた一枚だった。

「学生諸君、この拳銃保管庫の写真に注目してほしい。何か気づいたことはないか」

誰も答えない。

氏原には風間の言わんとしていることが分かったが、黙っていた。

「学生だけでなく、会場にお集まりの皆さんにもお訊きしましょうか。いかがですか」

最前列で、誰かが手を真っ直ぐ上に挙げた。

マスコミのために用意された席に座っていた若い女性だ。カメラをストラップで首から下げ、新聞記者であることを示す腕章をつけている。

その女性はすっと立ち上がった。

身のこなしから利発そうな記者だと知れた。

「保管庫の横に大きな姿見がありますが、そこに映り込んでいる学生さんが二名いますね」

女性記者が言い、氏原は内心で頷いた。同時に風間も首肯する。

そのとおり、姿見に小さく二人の学生が映っている。ただし画像がぼやけているせいで、顔まではよく分からない。

二人の背格好はほとんど同じで、どちらも鏡に向かって正面を向いていた。

一人が、もう一人の斜め後ろに立っている。

後ろにいる方は、わずかに肘を曲げる形で前に腕を伸ばしていた。その手には黒鉄色の塊が握られているように見える。

氏原には、それが自分と染谷であることがよく分かっていた。前にいるのが自分で、斜め後ろにいるのが染谷だ。

風間は壇上から女性記者を見据えた。「どのタイミングでこれに気づきましたか」

「最初に見たときにです」

「あなたの職業は記者ですね」

「はい」

「さすがです。刑事と同じ目を持っていらっしゃるようだ」

風間は向き直り、もう一度会場全体を見渡した。

「わたしは、ここの教官になる前には、本部で刑事指導官の職にありました。一枚の写真を前にしたときの刑事の習性をご存じでしょうか」

氏原は前を向いたまま、風間の言葉を素早く書き取り続けた。

この六か月間、少しの移動にも駆け足を強いられるほど忙しい日々の中で、ことあるごとにメモを取り続けてきたのだ。手元を見ずに字を書くテクニックなら、すでに我が物としている。

「そこからできるだけ多くの情報を読もうとすることです。つまり〝周辺部分の映り込み〟に注意する癖が身についているわけです。わたしも、先ほど初めてスライドショーを見た瞬間、この鏡に目がいきました」

そして風間は演壇の前に回り込み、ステージの縁から真下を――最前列にいる教え子たちを見下ろした。

「ここに映り込んでいる二人は誰だろうか。この写真では顔がはっきりしないが、当人には心当たりはあるだろう。登壇してほしい」

5

尾凪は呆(あき)れる思いで風間の背中を見つめた。

いつか自分も助教から教官に格上げしてもらえる日が来るのではないか。そのときのために、先輩から学べる点は貪欲に吸収しておこう。そう考えて風間を手本としてきたつもりだが、もしかしたら、それは大きな誤りだったかもしれない。

この男は、遥か遠くにいる。

自分には、卒業式の祝辞を中断して授業を行なう、などといった発想は到底できない。また、それを実行に移すだけの胆力も持ち合わせてはいない。

どうあがいても追いつけない。

ともすれば絶望的な気持ちになってしまいそうだったが、気がつくと椅子の上で上半身を前のめりにしていた。

なぜか興奮している自分がいる。そう、落ち着いて考えれば、遥か遠くにいる相手だからこそ、どうあがいても追いつけない相手だからこそ、手本にする価値がある、とも言えるのだ。

鏡に映り込んでいる二人は登壇せよ――その風間の言葉を聞いて、尾凪も椅子に座ったまま壇上から学生たちを見やった。

まず立ち上がったのは氏原だった。

氏原は振り返って後ろの席を見やった。そこに座っていたのは染谷だ。座席に縮こまって震えているようだ。

――ほら、立てよ。

そんな視線を、氏原は染谷に送ったようだった。やがて染谷は腰を浮かせたが、さっきにもまして顔色は蒼白だ。

二人がステージに上がってきた。染谷の足は震えている。

「この二人はきみたちで間違いないか」

「はい」

大勢の前だが、臆することのない口調で氏原は答えた。

一方、染谷の方は声が出ない様子で、ただ頷いただけだった。

「この写真は、いつ撮影されたものだろうか」

「九月十日だと記憶しています」氏原が答える。「拳銃操法の授業が終わって、銃を保管庫にしまおうとしているときに違いありません」

再び風間は、先ほど発言した女性記者の方を向いた。

「鏡の中に二人の学生が映り込んでいる。そうあなたはおっしゃったが、もう少し詳しくお訊きしたい。ほかに気づいた点はありましたか」

「後ろにいる学生さんは、手に何か持っていますね」

「そのようです。それは何に見えますか」

「形と色からして……拳銃ではないかと思います」

「では鏡の中で、この学生たちは何をしているように見えましたか」

「間違いなら失礼ですが、後ろの学生さんが前の方の背中に……」

言い淀んだ記者にこれ以上の圧迫感を与えないよう配慮してか、風間は立っていた場所から一歩後ろに退いた。

「遠慮は要りません。間違っても結構です」

記者はわずかに顎を引いてから言った。

「――銃口を向けているように見えます」

「ありがとうございます。たぶんそのとおりです。色からして銃は本物でしょう。ゴム製の模擬銃ならもっと黒く写るはずです」

風間は二人の学生をじっと見据えた。

「授業の終了時には荒垣教官が一挺ずつ弾の有無を確認したはずだ。だから本物の銃だとしても、弾倉は空だったことだろう。とはいえ規則がある。どんな規則かはもちろん知っているな」

はい、と返事をした氏原から視線を転じ、風間は染谷を睨んだ。

「答えてみろ」

染谷は落ち着きなく瞬きを重ねた。舌先を出し、乾き切った唇を舐めてから、ようやく口を開く。

「弾倉が空でも、銃口を人に向けた場合は、その者に退校を命じる、という規則です」

いつの間にか、講堂内は静まり返っている。粘ついた小声だったが、染谷の返事は会場の奥まで届いたはずだ。

「そう。つまり、きみたちのうちどちらかが重大な校則違反を犯したわけだ。この鏡に映った画像では、背格好が同じで顔がはっきりしないため、どっちが違反者なのか分からないがな。ともかく銃口を向けるという行為は校則のみならず、法律にも抵触している。どういう罪になるか分かるか？　授業で習ったはずだな」

二人の学生は黙っている。

「遠慮することはない。親御さんたちの前だぞ。勉強の成果を見せてやれ」

氏原がちらりと染谷を見やったあと、口を開いた。

「銃刀法違反の罪だと思います」

「正解だ。警察学校の射撃場で、弾倉が空の銃を他人に向けた学生が、銃刀法にある単純所持の罪に問われて書類送検された事例が実際にある」

尾凪は壇上に居並んだ教職員を見渡した。

校長はじめ、みな口を半開きにして、ことの成り行きに茫然としている。風間を止めようとする者はいない。

「卒業式の日にたいへん残念だが、わたしはここで、きみたちのうちどちらかに退校を言い渡さなければならないようだ。この場にいるのが我々警察関係者だけなら事態をもみ消すこともできたかもしれない。だが、すでに記者の方に察知された事案だ。公表するしかあるまい」

尾凪も、ただ風間の姿を見つめることしかできなかった。

「では訊こう。氏原、染谷。拳銃を持っていたのは、きみたちのうちどっちだ」

染谷だ。そう尾凪には、はっきりと分かった。

式典前に行なったテストで、あの一枚をスクリーンに映し出したままスライドの流れが停止したとき、染谷も鏡の映り込みに気づいたに違いない。

だから彼はあれほど動揺し、スライドショーを中止しましょうだの、写真を幾つか削除しましょうだの提案してきたのだ。

「わたしです」

水を打ったように静かな会場に声を響かせて一歩前に出たのは——氏原だった。

6

「私は日本国憲法、法令、条例その他の諸法規を忠実に擁護し、命令を遵守し、何ものにもとらわれず、何ものをも恐れず、何ものをも憎まず、けっして真実を曲げることなく、良心のみに従って、公正に警察職務の遂行にあたることを厳粛に誓います」

そう最後まで呟き切ったとき、氏原は自分を少し褒めてやりたくなった。

入校時、辞令を交付されたあとにソラで読まされた宣誓の文言だ。いまでも一字一句を覚えているとは、我ながらなかなかの記憶力だと思う。

それにしても……。

――けっして真実を曲げることなく、か。

卒業式の日に、しかも衆人環視のなかで、その誓いを破ることになるとは、まさか思ってもみなかった。

だが、これでいい。

人気(ひとけ)の途絶えた校舎。その片隅にある空き教場。風間から「待機していろ」と命じられたこの部屋で、氏原は一人窓際の席に座り、ガラス越しにぼんやりと午後の空を見上げ続けた。

胴上げでもしているのか、遠くから調子の揃(そろ)った歓声が聞こえてくる。校歌をがなりたてているグループもいるようだ。

グラウンドで行なわれていた壮行式も終わり、卒業生たちはこれから各署に散っていく。その前に同期生や在校生たちと別れを惜しむ時間が三十分だけ設けられていた。いまがその時間帯だ。祖父と父がこの部屋に来るかと思ったが、まだ姿を見せない。講堂での出来事にショックを受けてどこかで座り込んでいるのか、そうでなければ息子の不肖を恥じて早々に退散したのだろう。

もうすぐ風間が退校願の用紙を持って、この部屋にやって来るはずだ。

氏原は、荷物の中から、大学ノート三冊を取り出し、ぱらぱらと捲り始めた。進むべき道は定まったのだ。少しの時間でも無駄にするわけにはいかない。

書き溜めた自分の文章を読み返しているうちに、教室のドアが開いた。

入って来たのは染谷だった。その後ろに風間の姿が続く。

驚いたことに風間の手には銃が握られていた。モデルガンらしい。染谷が所持していたS＆WのM１９１７だ。

「すまないが氏原」風間はこっちに向かって言った。「もう少し待っていてくれないか。わたしはまず染谷に用事がある」

「分かりました」

風間は染谷の方を向いた。

「先ほどわたしは講堂で『ここで最後の授業をする』と言ったが、あれは撤回させてもらおうか。最後の授業は、染谷、特別にきみにだけ、いまこの教場内で授ける。射撃の腕に優れたきみは組織にとって必要な人材だが、警察官としての心構えには、相当に欠けているところがあるようだからな」

「……お願いします」

染谷が先ほど以上に震えあがっていることは、消え入りそうな声の調子からもよく分かった。

風間は黒板に近寄ると、チョークで字を書いた。

【空手奪槍】

「中国武術にこういう言葉がある。読めるか」

「『からて、だつ、やり』ですか」

「違う。この場合、『空手』の読み方は『くうしゅ』だ。これは『素手で』という意味であり、日本の武術であるカラテとはいっさい関係がない。下の二文字は『だっそう』だな。意味は見てのとおり『槍を奪うこと』だが、中国語でいう槍とはつまり」

風間はM1917を掲げてみせた。

「これ――拳銃のことだ。すると染谷、要するに『くうしゅだっそう』の意味は何だ？」

「……『素手で拳銃を奪う』だと思います」

「そう。現場に出れば、警察官はいつ犯罪者に銃口を突きつけられるか分からん。護身術の授業でも習ったかもしれないが、最後にもう一度、空手奪槍の要点を教えておこう」

風間は三メートルほど離れたところから、M1917の銃口を染谷に向けた。

「ガンマニアのきみなら十分に承知しているだろうが、拳銃は一般に思われている以上に命中率は高くない。この程度の距離で狙われたとしても、正確に心臓を射貫（いぬ）かれてしまうことは稀（まれ）だ。それほど心配しなくてもいい。ただし」

風間はすっと染谷に近づき、左胸に銃口を押し当てた。

「このように至近距離で密着されれば話は別だ。空手奪槍は、まさにこの状態を想定しての護身術だと言える」

　二人の様子に目を向けたまま、氏原はノートを手元に引き寄せた。

　護身術の授業は別に設けられていたが、風間は自分の授業でもそれを教えることが多かった。そして、この最後の特別授業も同じような趣向で行われている。

　風間は、かつて逮捕した男の逆恨みによって片目を失ったと聞いていた。そのせいなのかもしれない。授業のスタイルには、おのずと教官個人の境遇が反映されるものなのだ。

　これも一つの発見と言えそうだから、忘れないうちにメモしておかなければ。

　風間は染谷にモデルガンを渡した。

「それをきみから押収する前に、十分に役立てたいと思う。わたしの心臓に銃口を当ててみろ」

　染谷が言われたとおりにする。

　次の瞬間、風間は右手で染谷の手を床の方へ振り払っていた。何が起きたのかよく分からないほど、その動きは速かった。かと思ったのも束の間で、彼は続けざまに、右腕の肘を曲げて突き出し、染谷の顔の前で寸止めにした。

「これが基本的な空手奪槍の技だ。このように、相手が引き金を引くよりも前に、防御と制圧を同時に行なう。それしか助かる道はない。いいな」

　全身を硬直させた染谷は、かろうじて首だけを縦に動かした。

「さて、いまわたしが見せた技術の中で、本当に大事な点が一つある。何だか分かるか」

「……躊躇なく動くことですか」

「違う」

「では、肘撃ちを正確に決めることでしょうか」

「それも違う。——もう一回、さっきと同じようにしてみろ」

今度も風間はそれを素早く下に払った。ただし肘撃ちまでは披露しなかった。

染谷がまた風間の胸に銃口を当てる。

「これだ。つまり銃口を地面に向けて払うこと。それが無理なら、せめて」

染谷の銃を、次は天井に向かって払ってみせた。

「このように空へ向ける。いいか、間違っても——」

風間は染谷の手首をつかみ、銃口を横に向けた。

氏原は思わず一歩退いた。銃口がまさに、こっちを狙っていたからだ。

「こうはするな。なぜだか分かるな」

「……近くにいる人に、流れ弾が当たるおそれがあるからです」

「やっと正解を口にできたな。——いいか、この先きみがどんな下手をやらかそうとも、決して無関係の者を巻き込むな」

染谷は唇を震わせながら頷いた。「……承知しました」

「卒配後もきみの動向には注意を払っておく。マスコミの目よりも何よりも、氏原の犠牲に免じて特別に卒業させるが、先の見込みがないようなら即辞職を言い渡されるものと覚悟しておけ」

7

夜の教官室で、尾凪は革表紙のアルバムを手にした。中に入っている写真は、今日の式典でスライド上映したものだ。

ページを捲っていき、やがて一枚の写真に目を落とした。

風間の授業で行なわれたスピーチの様子が捉えられている。中央に最も大きく写っているのは氏原だ。

自分が主役なのだから堂々と顔を上げていればいいものを、もったいないことに、彼は俯き(うつむ)がちの姿勢でノートに文字を走らせている。

尾凪は再びアルバムを捲り、次もまた氏原の写った写真で手を止めた。

食堂での一コマを撮ったものだ。この写真では、氏原は左の端に小さく写っている。手にしているのは箸ではなく筆記用具で、先ほどの写真と同じように、やはり下を向いてメモ帳に何やら書きつけている。

その次に出てきた学生たちが筋トレをしている写真でも、氏原は筆記用具を携えていた。

アルバムのページを捲りながら、尾凪はそっと溜め息を吐き出した。

まさか卒業式の日に一人辞めさせることになるとは……。

分からない。

どう考えても銃口を向けた犯人は染谷だ。

だが、氏原が身代わりを買って出た。

氏原は書類送検される可能性がある。もっとも、他の警察学校で起きた事例では、銃口を向けた学生は依願退職という形で済んでいるようだが。

ともかく、氏原は染谷と親友同士というわけではなかったのだ。それどころか反目し合っていた。庇(かば)う理由などないはずだ。

そんなことはもちろん風間も承知していただろうに……。

尾凪は横眼で隣席にいる風間を見やった。
四、五時間ほど前に講堂であれだけのハプニングを巻き起こしておきながら、すべて他人事(ひとごと)だったと言わんばかりに、いまこの男は平然としている。
この教官は、あろうことか壇上で氏原に退校を言い渡し、卒配直前というとんでもないタイミングで警察を去らせた。

ただ、氏原に退校を命じた一瞬だけは、風間の横顔にわずかな忸怩(じくじ)の念が覗いたようだった。本当なら真実を曲げるようなことはしたくない。そう彼自身も思ったらしい。

それにしても、だ。

なぜ氏原は染谷の罪を被(かぶ)ったのか……。

胸中には大きな疑問が燻(くすぶ)っているが、それを言葉にして風間にぶつけてみる気は毛頭なかった。

――この程度が分からんようでは助教失格だな。

冷酷きわまりないあんな台詞(せりふ)は、もう二度と耳にしたくない。

その一心で、教え子たちが巣立っていったあとも、感傷にふけるでもなく、ずっとアルバムと向き合っていた。この写真の中に、疑問を解明するヒントがあるような気がしたからだ……。

尾凪が一つの結論に到達するまで、それから小一時間ばかりを要した。

氏原の写っている二十枚の写真をアルバムから抜き取ったあと、尾凪は風間の方へ顔を向けた。

「教官、お邪魔して申し訳ありませんが、少しお話ししてもよろしいですか」

「ああ」

風間は返事をよこしたが、両手はデスクワークを続けたままだ。

「学生は千差万別です。中には我々教える側の想像を超えた思惑を秘めた者もいます」

「それで?」

「もし『卒業式を済ませた時点で警察学校を辞めたい』と考えている者がいたとしたら、その学生はどうするとお思いになりますか」

「ほう。ずいぶんと馬鹿げた考えだ。全国の警察学校を隈なく探しても、ただの一人もそんな学生がいるとは思えんが」

「ええ。ですが、いたと仮定してみてください。すると、その学生にとっては、辞めるのに相当な度胸というか図太さが必要になりますよね」

周りの学生はみな卒業に向けて一生懸命だ。そういう集団にあっては、最後の日になって自分だけ「ではさようなら」などとは、そう簡単に言い出せるものではない。

「だろうな」

「でも、一緒に苦労した仲間の前から黙っていなくなる、というのも薄情すぎる話です。人は誰しも、そこまで冷たい態度を取れるものではありません。ですからその学生は、勇気を振り絞って言うしかない、と考えていました。式典のあとみんなに向かって『辞めます』と。――ところが、そんなとき突然、思いがけず他の学生に退校事案が発覚したとしたら、どうでしょう」

「……そういう場合なら、渡りに船とばかりに、自分がその罪を被るかもしれんな」

「ええ。さっきの氏原がまさにそうだったわけです」

「しかしだ」

ここで風間はようやくデスクワークの手を止め、こちらに顔を向けてきた。

「話を戻すが、やはり、卒業式を済ませた直後に辞める、といった事情はありえないだろう。警察学校が嫌になったのなら、卒業を待たずに退校すればいいだけのことだからな」

「おっしゃるとおりです、常識的には」

ここで尾凪は、先ほどアルバムから抜き取った二十枚の写真を持ち、指先で角を揃えた。

「実は今日、ちょっと不思議なことがありました」

「どんな」

「上映したスライドに、氏原が写っている写真は二十枚ありました。ですが、わたしの感覚では、なぜかもっと少ないような気がしたんです。どうしてそんな勘違いをしたのだろう、と妙に思いました」

尾凪は揃えた写真を風間の方へ向けた。

「氏原の姿が写っていたものをピックアップしてあります。これをご覧になってお気づきになった点はありませんか」

一枚ずつ風間に見せていった。

「さあな。別にないが」

風間は敢(あ)えて何も知らないふりをし、こっちに説明させるつもりのようだ。

——最後の日ぐらいは、きみがわたしに講義をしてみろ。

珍しく、ほんのわずか稚気を含んだかのような風間の眼差(まなざ)しは、そう言っているようでもある。

どうやら彼は、最初からこのやりとりを待っていたようだ。

してみると、いま展開されている場面は、教官が助教に課した卒業試験だと言えるかもしれない。まだ二年目の頼りない助教が、この半年間で、受け持った学生をどこまで深く把握できるようになったか。その成長ぶりを、助教が教官に向かってする講義という形で考査してやろう、というわけだ。

「ではわたしが気になったことを言います。やけに多いんです、〝書きもの〟をしている場面が」

「言われてみれば、そのようだな」

「アップで主役になっている場合でも、遠くに小さく写り込んでいる場合でも、氏原は常にペンを手にしてノートに何やら書きつけています。つまりいつも俯く姿勢になっているため、どの写真でも彼の顔がよく見えません。遠景にいる場合は特にそうです」

「だから氏原の写真が少ないように感じた、というわけか」

「おっしゃるとおりです。——では、彼は何をそんなに一生懸命書き続けていたのでしょう」

「授業の内容じゃないのか」

「ちょっと違うと思います。食堂や筋トレルームでも書きものをしていますから」

「すると何だ」

「確実性の高い答えが一つあります。氏原は何しろ学究肌の学生でした」

「ということは」

「論文です」

より正確に言えば、その草稿ということになるだろう。

社会学者になるべく大学院進学を目指したものの、失敗して警察官の道に進んだ。そんな氏原だが、挫折した矢先に格好の論文テーマを見つけたのだ。

警察学校。

そこで一人の人間はいかにして警察官になっていくのか。

実際に自らが学校生活を体験したうえで、そのようなテーマで論文に取り組んだら、間違いなく質の高いものが書き上がる。

それを提出すれば、今度こそ大学院へ進めるかもしれない。そう考えた。

そのためには、途中で辞めずに卒業式までをきっちりと経験しておく必要があったのだ。

これもカリギュラ効果というやつか。祖父や父からは「学者への道は諦めろ」と言われていた。だが禁止されたが故に、その情熱は心の奥底で、むしろ強く燻り続けていたのだろう。

「警察官になる」ことが目的ではなく、「警察学校を最初から最後まで体験する」ことが狙いなのだから、卒業式を終えてしまえば、あとは組織に残る必要はない。

「きみも少しは成長したらしいな」

ふいにかけられた思いがけないその言葉に、半年間この身を縛り続けていた緊張感が、少しだけではあるものの、緩んだような気がした。

「教官」

尾凪は、少しだけ気になっていたことを口にしてみようと思った。

「『できればわたしも一緒に卒業させてもらいたいものだ』。式典の壇上で教官はそうおっしゃいましたが、あれは……ご本心でしょうか」

「そう口にしたのなら、たぶんそうだろう」

「では、全員を送り出したいまでも、そのお気持ちにお変わりはありませんか」

そう訊いて、尾凪はふいに、先ほど四方田が述べた式辞を思い出した。あれは明らかに風間を意識しての言葉だった。してみると、犯罪捜査の達人でもあるこの教官が今後どう身を振るかについては、校長もかなり気にしているらしい。

「さてな。正直なところ、いまはびっくりしている。氏原をはじめ、わたしの想像を超えている学生が何人もいたからな。この程度で驚くようでは、わたしもまだ教官を卒業させてもらうのにほど遠いのかもしれん」

風間はふっと笑って背中を向けた。

エピローグ

九月末のいくらか湿った空気に包まれながら、四方田は花壇へ足を運んだ。

昨日（きのう）、第九十四期短期課程の学生たちを送り出したばかりだ。一息つきたいところなのだが、あいにくとゆっくりしている暇はない。あと一週間もすれば、次の学生たち、すなわち第九十五期が入校してくるからだ。

年によって、入校する学生の数にはバラつきがある。

初任科短期課程の場合、たいていは年に一度、毎年四月に入ってくる。しかし今年度は、秋にも入学式が行われる。来年三月に県警を退職する者が例年より多いため、それに合わせて採用する新人の数も増やしたのだ。

この時間なら風間は花壇にいるだろう。そう予想したとおり、彼はこちらに背中を向け、ゼラニウムに如雨露を傾けていた。

予想外だったのは、風間の隣にもう一人、誰かが立っていたことだ。

女性だ。

私服姿だが、彼女も同じ警察官だと直感的に分かった。

女性はこちらに横顔を見せ、風間に向かって何やら話しかけている。

その内容が機密事項であるためか、それとも風間に親しみを感じているせいか、彼女は息がかかるくらいの距離まで、自分の口元を風間の耳朶に近づけていた。

少々居心地の悪さを抱えながら四方田がその様子を眺めていると、やがて話が終わったらしく、女性警察官は風間から離れてこちらへ歩いてきた。

見覚えのある人物だった。目鼻立ちが整っていて、体の均整も取れている。歩き方も滑らかだ。この容姿なら県民向けの広報資料にモデルとして引っ張り出されることも多いだろうから、記憶に引っ掛かっていて当然か。だが名前までは分からない。

女性警察官はこちらの手前で足を止めた。

「四方田学校長ですね」

一礼して彼女がかけてきた声は、どこか高揚していた。

「そうです」

「ご挨拶が遅れて失礼しました。刑事部捜査第一課の平優羽子と申します」

「ああ、きみがあの平さんか」

何人かいる〝風間道場〟の門下生。その中でも特に優秀だったと聞いている。

「今日は指導官に――いえ、教官に報告したいことがあってお邪魔したところでした」

優羽子は首からＩＤカードを下げていた。入口に設けられた模擬交番で来客に渡されるものだ。同じ県警の職員でも、学校勤務者以外には着用が義務付けられている。

「お邪魔しました。これで失礼します」

「せっかく来たんだ。もっとゆっくり旧交を温めあったらいいんじゃないかな」

「そうしたいところですが、残念ながら仕事が山積みになっていますので」

優羽子を見送ってから、四方田は風間の背中へ近づいていった。

肩を並べ、タマアジサイの花に視線を落とす。

フラワーラベルの色は白だから、本当は白い花が咲くはずだ。だが、いま目の前にある花弁は薄く青みがかっていた。

風間の言ったとおりだ。半年前に、この植物の根本に埋めた銅製のホイッスル。それに生じた錆びが、土壌を酸性にしたらしい。

「利口で真面目、利口だが不真面目、馬鹿だが真面目、馬鹿で不真面目。九十四期にもいろんな学生がいて難儀したろうが――」

四方田はタマアジサイの花びらに目を向けたまま言った。

「風間くん、きみはよく統率してくれたよ。わたしからも礼を言わせてもらう。卒業式の最終講義には驚いたがね」

「ありがたいお言葉ですが、わたしはやるべきことをしただけです」

ふと目の前の花壇が、本校の縮図であるかのように思えた。教官が土壌、学生たちが花だ。土壌の質で花の色も決まるのだ。

風間もそんなことを考えながら、如雨露を傾け続けているのかもしれない。

「いま、かつての門下生が何か報告していったようだが、どんな話だったのかな。差し支えなければ教えてもらえるか」

「十崎を逮捕したそうです」

聞き違えをしたのかと思った。言葉の内容に比して、風間の口調が驚くほど平板だったからだ。

信じられない。

内心でそう呟いていた。

妙な言い方になるが、〝千枚通し〟、十崎は潜伏の達人だ。これまであれほど県警が手を焼いてきた凶悪犯を、このタイミングで、どうやって捕まえたというのか。

「お疑いになるかもしれませんが――」

信じられない、の一言は口に出さずに言ったつもりだが、心の耳で捉えたか、風間はそのように応じて続けた。

「本当です。わたしがここへ赴任する前の教え子たちが、予想以上に早く成果を上げてくれました」

ここへ赴任する前の教え子……。つまり指導官時代の部下か。

いま風間が口にした言葉を解釈すれば、十崎を逮捕したのは彼ら、いわゆる風間道場の門下生たちであるようだ。

何はともあれ〝千枚通し〟が手錠をかけられたのなら、風間の身は安全が保障されたわけだ。少なく見積もっても十崎が食らう刑は二十年以上の実刑になるだろう。それはつまり〝避難場所〟であるこの学校に、風間がいる必要のなくなったことを意味している。

四方田は横にいる男の表情を窺った。

彼はこれからどうするつもりなのか。ここを出て、元の刑事指導官に戻りたい。そのような意向を持っているのであれば、本部長もそれを認め、異例とはいえ、すぐにでも辞令を出すかもしれない。

　風間が水をやり終えたタイミングで、また四方田は口を開いた。

「半年前を覚えているかな。赴任してきた日、この場所でわたしは訊いたね、この学校を好きになれそうか、と」

　――ええ、なれそうです。

　それが風間の返事だった。

　だがその言葉を口にしたとき、彼は微かに目を逸らした。

　本心ではなかったからだ。人間誰しも、心にもないことは、相手の目を真っ直ぐに見ては言えないものだ。さすがの風間も、その点に変わりはなかった。

「もう一度同じような質問をさせてもらおうか。半年間、実際に教官をやってみての印象はどうだろう。この学校を好きになれたかな」

「ええ。なれました」

　今日の風間は、いっさい視線を外さなかった。

《参考文献》

『自死／現場から見える日本の風景』瀬川正仁（晶文社）
『検死秘録　法医学者の「司法解剖ファイル」から』支倉逸人（光文社）
『「隠れ不良」からわが身を守る生活マル裏防衛術　相手をハメる「半グレ的騙しの手口」100』
上野友行（双葉社）
『視聴率15％を保証します！　あのヒット番組を生んだ「発想法」と「仕事術」』高橋 浩（小学館）
『「戦争」の心理学　人間における戦闘のメカニズム』
デーヴ・グロスマン、ローレン・W・クリステンセン（二見書房）
『警察零れ話　本当にあった嘘のような話』高橋 忠（創栄出版）
『あなたの知らない「ヘン」な法律 「シロ」と「クロ」の境界線』なかむらいちろう（三笠書房）
『「鑑識の神様」9人の事件ファイル　世界に誇る日本の科学警察』須藤武雄・監修（二見書房）
『警察・ヤクザ・公安・スパイ 日本で一番危ない話』北芝 健（さくら舎）
『読書狂刑事！』北芝 健（ミリオン出版）
『元検事が明かす「口の割らせ方」』大澤孝征（小学館）
『自由が丘物語』井上一馬（新潮社）
『「捜査本部」というすごい仕組み』澤井康生（マイナビ）
『護身術／理論と実践』呉 伯焔（三一書房）
『拳銃将軍　全41モデル撃ちまくり』小峯隆生（光人社）

《初出》

「プロローグ」…………………………………… 書き下ろし
第一話「鋼のモデリング」…………………………「STORY BOX」2021年7月号
第二話「次代への短艇」（「約束の指」改題）……「STORY BOX」2021年10月号
第三話「殺意のデスマスク」………………………「STORY BOX」2021年12月号
第四話「隻眼の解剖医」……………………………「STORY BOX」2022年3月号
第五話「冥い追跡」…………………………………「STORY BOX」2022年5月号
第六話「カリギュラの犠牲」………………………「STORY BOX」2022年7月号
「エピローグ」…………………………………… 書き下ろし

●単行本化にあたり、大幅な加筆改稿を行いました。
●本作品はフィクションであり、登場する人物・団体・事件等はすべて架空のものです。

長岡弘樹（ながおか・ひろき）

一九六九年山形県生まれ。筑波大学卒。二〇〇三年「真夏の車輪」で第二十五回小説推理新人賞を受賞しデビュー。〇八年「傍聞き」で第六十一回日本推理作家協会賞（短編部門）を受賞。一三年に刊行した『教場』は、週刊文春「二〇一三年ミステリーベスト10国内部門」第一位に輝き、一四年本屋大賞にもノミネートされた。他の著書に、『教場2』『風間教場』『教場0　刑事指導官・風間公親』『教場X　刑事指導官・風間公親』『殺人者の白い檻』などがある。

編集　幾野克哉

新・教場

二〇二三年三月二十日　初版第一刷発行

著者　長岡弘樹
発行者　石川和男
発行所　株式会社小学館
〒一〇一-八〇〇一　東京都千代田区一ツ橋二-三-一
編集 〇三-三二三〇-五九五九　販売 〇三-五二八一-三五五五
DTP　株式会社昭和ブライト
印刷所　大日本印刷株式会社
製本所　株式会社若林製本工場

 ISBN 978-4-09-386679-8